麦田阳光

中国的乡村从风景到精神愈加美丽。

麦田阳光 美丽乡村助读书系

乡村助读，让中国的乡村从风景到精神愈加美丽。

读书与读人

DUSHU YU DU REN

高洪波 顾问 陈彦玲 主编

刘琼 著

山西出版传媒集团 山西教育出版社

图书在版编目（CIP）数据

读书与读人 / 刘琼著. -- 太原：山西教育出版社，2024.11
ISBN 978-7-5703-3909-9

Ⅰ.①读… Ⅱ.①刘… Ⅲ.①散文集—中国—当代 Ⅳ.①I267

中国国家版本馆 CIP 数据核字（2024）第 084599 号

读书与读人
DUSHU YU DU REN

选题策划	李梦燕
责任编辑	李梦燕
复　　审	霍　彪
终　　审	康　健
装帧设计	王春声　薛　菲
印装监制	蔡　洁

出版发行	山西出版传媒集团·山西教育出版社
	（太原市水西门街馒头巷7号　电话：0351-4729801　邮编：030002）
印　　装	山西基因包装印刷科技股份有限公司
开　　本	890 mm×1240 mm　1/32
印　　张	5.5
字　　数	84 千字
版　　次	2024 年 11 月第 1 版　2024 年 11 月山西第 1 次印刷
书　　号	ISBN 978-7-5703-3909-9
定　　价	36.00 元

如发现印装质量问题，影响阅读，请与出版社联系调换。电话：0351-4729718。

根植乡野，眺望远方（代序）

李东华

把"美丽乡村助读书系"做成精品，为新时代新乡村新少年的成长助力，这个美好心愿，把出版者、策划人、作家、编辑聚集在一起，大家郑重其事地播下种子，然后怀着庄重而又快乐的心情，等待所有努力慢慢发芽。

我曾经有幸数次参加"我的书屋我的梦"乡村少年儿童阅读实践活动征文的评审工作，印象最深的就是2019年。面对从海量征文中初选出的近千篇作品，我油然而生一种"一夜好风吹，新花一万枝"的惊艳感。按照评委会要求，终评委们需要优中选优，再从中挑出几十篇最终获奖文章，这可让我犯了选择困难症，因为每一篇都像枝头迎着东风初绽的花朵，各有各的姿态，各有各的鲜妍，共同构成了蓬勃的春天，哪一朵都可爱得叫人不忍心舍弃。

但我想，我的这种"纠结"是一种喜滋滋的纠结——让人一下子就能感觉到，无论大江南北，全国各地乡村的孩子们，并不是仅仅某一地因为水土适宜而长势良好，而是齐刷刷地在拔节成长。这算是从空间这个维度的横向比较。再沿着时间轴纵向来看，我们可以清晰地感受到这几年的征文质量一年比一年高。从这些或长或短的文章中可以看出，孩子们的阅读内容越来越丰富了，小说、童话、诗歌，科幻、军事、历史、天文、地理……不同体裁不同领域，不论古今中外，凡属人类留下的智慧结晶，都在他们尚属稚嫩却又充满好奇的目光之内，都留下了他们求知和探索的小小脚印。

我想，也正是因为阅读的广博，让他们不管是生长于哪片偏僻的乡野，都能够从浩瀚的书海中汲取无穷无尽的滋养，获得世界性的视野。你能够从字里行间捕捉到一种"初生牛犊不怕虎"的淋漓元气，一种与周围世界、与他人、与自我对话时落落大方的自信表情，一种对祖国、对人类、对万事万物的真挚的爱。而这一切的呈现，又依赖于他们对于语言文字的日渐流畅的、自如的运用。

俗话说"熟读唐诗三百首，不会写诗也会吟"，阅读对于一个人写作能力的反哺，是这些征文给予我的第一个鲜明印象。

那些已初步呈现出汉语言之美的遣词造句，那些灵动的、智慧的表达，那些对于生活细节的敏锐、精准的描摹，那些既充满孩子气又闪耀着思想光芒的惊人之语，都无不让人生发"后生可畏"的赞叹。

所以说，尽管摆在眼前的是一篇篇无言的征文，却分明让人看到了征文背后所站立的那一个个活泼泼的、天真烂漫的孩子，看到了新时代乡村少年儿童因阅读的积累而敢于讲述的不一样的"中国故事"。

对于孩子和国家、民族的关系，已经有很多精辟的认识和论述。"孩子是祖国的花朵"，"孩子是民族的未来"，"少年强则中国强"。然而，如果希望孩子们能撑起国家的明天，他们首先要撑起自己的明天，而阅读则是他们撬动未来命运的支点。"忠厚传家久，诗书继世长"，这是在中国乡间最常见的对联，一代又一代的人家将它贴在大门上，可见在我们民族的潜意识中，书籍和人品是支撑一个国、一个家千秋万代延续下去的两根最坚实的立柱。将这样的对联贴在家门上，贴在最显眼的地方，就是在每时每刻提醒每一个人。我想这是一个有着五千年璀璨文明的民族最智慧的共识。而要把这一共识真正落到实处，最需要着力的地方就是乡村了。

相比于有父母督促而阅读环境更优越的都市孩子来说，乡村孩子的阅读可能更需要政府、社会的引领，尤其是数千万父母不在身边的留守儿童，阅读既是他们获取知识的有效途径，更是滋养他们心灵的精神引领。

我常常想，一个人需要有自己的书柜，一个家庭需要有自己的书房，一个城市需要有自己的公共图书馆，那么一个乡村，当然更需要有自己的书屋。

阅读"'阳光麦田'美丽乡村助读书系"这套书，对孩子们来说，能够得到的是思想和精神上潜移默化的熏陶和滋养。而持续地写作、出版一些适合乡村孩子阅读的好书，让这些书在助力乡村少年儿童阅读方面发挥作用，无疑是功在当代、利在千秋的事业——我们不妨来个小小的假设，全国有六十多万个乡村，假设每个乡村书屋中的书籍，能够像投入湖心的石子，哪怕只在十个孩子的心中荡起涟漪，那么全国就会有六百多万个乡村孩子从阅读中受益。

美丽乡村既要实现生态意义上的"绿水青山"，也要构建精神层面的"绿水青山"，从这个意义上讲，用优质图书和阅读协助、帮助、辅助乡村阅读，繁荣乡村文化，是建设美丽乡村的有效路径。

面对这些适合乡村少年儿童阅读的文字，我似乎可以看到，未来的他们，因今天的阅读引领而描绘出自己的梦和憧憬。

这些梦，将根植于他们生活的山乡旷野，更将呼应着远方的星辰大海。

目　录

从《红楼梦》读到《金瓶梅》　001

大专家和"小文章"　004

到安庆　007

地名　013

感受小泽征尔：清醒、悲悯与责任感　017

感谢单纯　021

刚察往事　025

厚密的酒苔爬满洞壁　032

环滁皆山水也　041

徽州驴　048

教养及教养的学问　054

我们今天为什么纪念聂耳　062

能看懂什么　067

三月的最后一天　070

桃花源　075

晚霞消失的时候　079

互联网时代的知识　082

维也纳、墓地和美　085

为了更有意味的人生　089

文人痴梦　　098

印象付秀莹　　103

向丹麦人学习什么?　　110

向努力站立的你致敬　　114

写作的训练　　119

学堂　　122

延边，与敏赫有关　　127

也是一件小事　　133

找回张掖　　137

周庄记忆　　146

祖父　　157

尊重原著　　163

读书与读人·刘琼

从《红楼梦》读到《金瓶梅》

题记

阅读会分阶段。这个阶段也没有高级和低级之分，只跟生理年龄和心理年龄有关。

最近看到一篇文章，大意是曹雪芹当年写《红楼梦》，学习和借鉴了《金瓶梅》，证据云云。对于《红楼梦》和《金瓶梅》孰优孰劣，这个官司没必要去说。既然以这两本小说为核心繁衍出红学和金学，它们各自的丰富性和生命力已然被验证。可是，中国古话总让人烦，比如"文无第一，武无第二"。越说没有第一，关于第一的官司往往就越会打个不停。在今天的学术界和大众传播层面，关于《红楼梦》和《金瓶梅》的排序早有定论，我不想在

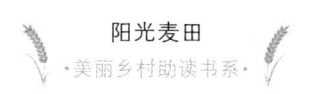

此翻案，也没必要翻案。不过，就以我个人而言，阅读会分阶段。这个阶段也没有高级和低级之分，只跟生理和心理年龄有关。

初读《红楼梦》时不过十二三岁，文字才粗略识得，接受起来倒了无障碍。从这一点来看，《红楼梦》有青春文学的某些气质。等到读《金瓶梅》，大概是在贾平凹的《废都》出版前几年，没有记住准确时间的一个重要原因，是简直读不下去——虽然有那么多令人浮想不已的小框框。当时读不下去的重要原因，是它的烟火气"令我不喜"。那个年龄段，虽粗识烟火但不热爱，说白了，对于《金瓶梅》里的"经济"了无兴趣，对于其中直白又复杂的"男女"也排斥反感。

但是，阅读的感受不会一成不变，它与阅读者的体验甚至心境有关。不知道从何时开始，一遍遍看过的《红楼梦》再也不去碰了，相反，倒是从来没有看完的《金瓶梅》，在去年年初的辰光，突然把全本认认真真地细读了一遍，并开始喜欢起它的"经济学"。

《金瓶梅》的经济包括小经济和大经济。小经济是西门庆及其狐朋狗友依傍的各色生意、各种行业；大经济是所谓的经世济国之业，也就是政治和经济两个概念的叠加。有人会提出，《金瓶梅》里都是饮食男女、鸡零狗碎，哪有什么"经世济国"？然也？非也。西门庆是地方土豪，但不是井底之蛙，他上下联络，左勾右连，"利益输送"和"利益寻租"是西门庆这类地方土豪的日常事务。《金瓶梅》写"经济"是写实和白描，触目惊心。在西门庆的心中，"经济"的实际比重大于"男女"。看看西门庆，通过婚娶巧取豪夺，迅速壮大家业，通过"经济"顺利打入朝廷权力阶层内部寻找保护伞，看后就会明白，所谓经世济国者，原来也可以作"经济是政治的基础"解。《金瓶梅》的写作者对于社会现实的熟谙由此可知。而在《红楼梦》里，经济基本是人物生活背景，多是转述，细节虚写，只有在大观园经济吃紧以及抄检大观园时有些实写。《红楼梦》成书晚于《金瓶梅》，文学成就大于《金瓶梅》，也让我想到了文艺创作的一种主张——现实主义精神和浪漫主义情怀相结合。

仁者见仁，智者见智，不同年龄段读到的东西也不一样。当然，今天，我还是不喜欢《金瓶梅》里那些缀在句中或句后的框框——取巧有余反显单薄。

大专家和"小文章"

题记

> 每本书拎出来的都是大专家本人的学识干货,准确、清晰、晓畅,真正的开卷有益。

这几日,微信朋友圈被作家曹文轩获国际安徒生奖刷屏。这是好消息,一方面,可以看出无论我们自觉不自觉、自信不自信,中国当代文学都确实纳入了世界文学的评价视野;另一方面,也证明大专家为儿童做事,往往事半功倍。后一点尤其值得称道。

作为儿童文学作家的曹文轩,第一身份其实是北京大学中文系教授。即便在人才冠盖如云的北大,曹文轩也是名教授,声望高,桃李满天下,许多学生已经卓有成就。可贵的是,在高校教书育人培养高级人才的同时，曹文轩还长期乐认真地、此不疲地进行儿童文学创作。从艺术水准和传播效果看，曹文轩的儿童文学作品在中国当下儿童文学界显然一枝独秀，且"秀"出很高。大教授的"小文章"写得好、蚊子打得准，并非偶然。没有向曹文轩本人求证，但我猜测，曹文轩一定是在通过这种创作实践，努力实现一个文学研究者的文学观念。

这件事的深层意义，恐怕还不止于此。它使我想起了一批"高射炮打蚊子"的实例，当然这个比喻其实也不尽准确。

与孩子有关的事没有小事，因此，早在一百多年前，一批有见识的中国知识分子就提出文化启蒙，主张为孩子和中国的未来写作，建设一个有活力的少年中国。中国现代文化、文学的活跃，正是因为这种高度、远见和有效性。这种学风、文风在中国知识界也曾承传有序。

我们是不是想起了科普作家高士其？作为一名生命科学学者，高士其从1935年开始为艾思奇主编的《读书生活》半月刊写小品文，以细菌科学知识为描写对象，广征博引，生动贴切，在几代读者的记忆里都留下了印记。在高士其之后，还有许多大家在做这些"小文章"。湖南少年儿童出版社前几年出版的一套十八种"文化中国丛书",几乎本本都是"高射炮"。《贾兰坡谈北京猿人》《单士元谈故宫》《苏士澍谈中国金石文化》《宁可谈敦煌》《侯仁之谈北京》《罗哲文谈长城》《骆承烈谈孔子》《周汝昌谈〈红楼梦〉》《任继愈谈中国哲学和宗教》《李伯谦谈中国青铜文化》《李学勤谈中国古代文明》《何兹全谈中国历史》《钟敬文谈中国民俗》《启功谈诗文声律》《吴小如谈中国戏曲》《汪毓和谈中国音乐》《杜仙洲谈中国古代建筑》《张廷皓谈文化遗产》,我列一下书名,是不是就明白了?关键是,这十八本书,都是小薄本,三四万字而已,定价不过十元左右——当然现在也许涨价了,作者几乎都是专业领域的首席大学者、老专家。关键的关键是,每本书拎出来的都是大专家本人的学识干货,准确、清晰、晓畅,真正的开卷有益。大先生鲁迅当年写的都是小文章,识货的人会轻看这些"小文章"吗?文章的分量又哪儿会决定于文字多少、题材大小呢?

还要絮叨一句,曹文轩是江苏盐城周伙村人,他的文学作品弥漫着浓郁的里下河文学气息。他是他家乡的骄傲。

到安庆

题记

看从前人写下江两岸的景物,哪怕是在战火连天时期,也都充满了绵密的生活气息。

北京居然下雨了。看着窗外难得的烟青色,想起三月末到安庆,也是在雨中。

真是怪了,总共两次,两次到安庆都在雨中,另一次是夏雨。可能这就是南方城市的特点,清明前后,雨水开始滴滴答答,一直要到这年的中秋,才会有比较长的晴天出现。有特色的南方作家的文字往往也是泡在雨里,湿漉漉,黏糊糊,比如苏童,比如林白。当然,林白更加偏南,湿漉漉中已经夹杂着燥热;苏童的文字比较接近同纬度的安庆的天气,绵长、绵密、绵柔。

安庆除了一眼可见的绵柔,其实在历史上最出名的反而是刚烈。对于近现代史来说,安庆最大的贡献或者说知名度最高的是中国共产党早期领导人陈独秀,此外就是黄梅戏和严凤英。有意思的是这两个安庆籍人物,以及徽班进京的代表人物、京剧大师程长庚,性格中都有特别刚硬和执着的成分。安庆人的这份执着,从语言习惯上就能一下子辨别出来。安徽是中原偏南省份,安徽人出省,特别是受过高等教育后的人出省,时间一长,往往都会用普通话交流。但总会有那么几个安徽人舌头捋不直,不用问,老家肯定是桐城或者枞阳,桐城和枞阳都在安庆地界。说到桐城,当然想起了以方苞为代表的桐城派,著名的方苞,脾气也是出了名的"臭"。比较起来,我们芜湖人的脾气就要好得多。这是为什么?这也不奇怪,从文化地带分,安庆虽然做过安徽省会,但地理位置在安徽最西端,一直处于楚文化圈;而芜湖则在吴头楚尾,又因为开放早,商贸活跃,芜湖人的性格相对变通性要强一些。

从上海、南京包括芜湖,到安庆去,从前主要依靠水路。看一个白天的江景,半夜,汽笛拉响,靠岸,安庆到了。长江进入中下游后，城市多依江而建，这是沿袭古老的习惯，人类逐水而居，便于出行和捕捞作业，当然这也说明长江水质的保护是相对有效的。看从前人写下江两岸的景物，哪怕是在战火连天时期，也都充满了绵密的生活气息。虽然今天大家都饮用经过净水处理的自来水，但我们小的时候江边的景观除了过船，便是担水、捣衣、淘米和刷马桶。刷马桶是陋习，后来被禁止了。长江两岸和江边的码头成了诗人抒情的对象。从前慢，是因为速度慢，心也就自然而然地沉实了，一点一点地往前挪动。因此，从前文人写山川风物，大约因为经历的时间长久，写得细致，心意满满。这些心意，到了今天，往往化作匆匆忙忙的到此一游。许多传说中美好的事物，在心里都打了折扣，应该也是这个道理。两次到安庆，我都匆匆忙忙，便是一例。

在长江两岸古老而美好的城市中，安庆还真的具有独一份的气质。爱吹牛的人经常会说"老子从前是富贵的"。我们安徽的城市，有资格这么说的，大概只有安庆和徽州了。徽州已四分五裂，不复存在了，且徽州也没做过省会。安徽的"安"便是安庆。安庆做过安徽的省府，作为安徽的文化重地，它今天的安静始所未料，是大富大贵之后的沉静。

说安静也是相对而言。三月末这次去安庆，是夜晚，空中下起了小雨，也还是暖和，杏花春雨不沾身。这样的天气，常年生活在长江沿岸的人是不打伞的，讲究一点的女孩会把手绢折成三角盖在头上，下巴处松松地挽个结，朦朦胧胧中自成风景。这样的风景现在不多了。现在的姑娘要野得多。在这样的天气，长江北岸的巨石山上葱翠欲滴。说葱翠，是因为今年春节早，节后又赶上倒春寒，春寒料峭中突然转暖了，各种花儿来不及似的一股脑儿全开了。没开出来的至少打了苞，沾上雨珠，摇摇欲坠的样子，跟系手绢的少女一样鲜嫩娇美。葱翠欲滴、云雾缭绕中，我们一行爬到最高处——虽然只有五百米，居然还有"海枯石烂"字样的摩崖石刻。说爱情，还是说人生观？不免悚然一惊。之所以想到人生观，因为山下就是黄梅戏大师严凤英的故居。有人说，严凤英离世后，黄梅戏就从巅峰开始下滑。这话有点绝对，但也似乎没错。今天流传下来的黄梅戏经典唱本《女驸马》《天仙配》《牛郎织女》都是严凤英的版本。后辈中虽也有表现突出者，但都达不到严凤英大师一样的成就。可惜，严凤英大师离世太早，她对于黄梅戏艺术的执着追求也是许多后人难以企及的。家乡是珍惜严凤英的,故居保护得不错,故居的卧室里挂着老式的相框,相框里镶嵌着老照片。雨中,没有游人,只有我们一行在细细端详。故居是典型的徽派民宅,从侧门出来是庭院,木架上的紫藤似乎也打了许多花苞,再过几日应该就开了。

这里是安庆的宜秀区。安庆城里其实也有意思。第一次到安庆是夏天,还是青石板的街面,雨下得特别大,把青石板冲洗得滑溜溜的。被困在陈独秀纪念馆里,一遍一遍地看墙上的照片和说明。当时纪念馆确实简陋,现在听说已经重修了。从那时候到现在,起码有二十年的光阴了。

对了,想起一次可笑的经历。

说起来是三十年前的事了。刚刚上大学。元宵节的前一天,寒假结束了,从小玩到大的好朋友先返校,我去八号码头送行。送着送着,不知怎么就上了船。开船汽笛一声长一声短拉响了,没听见,船开了。那时还没有手机,没法给家人报信,看着江面上慢慢划出的一道道波纹,心里很紧张。船长安慰说:"下一个码头贵池,船可以在那儿靠岸。"贵池是小地方——虽然有著名的九华山。高速公路开通后,贵池到芜湖车程半小时,但客船起码摇晃了两三个小时才到。在长二十米、宽不足十米的码头落脚的三四个小时内,除了见到一两个工友扛着麻袋进出,没有一个人影。日头渐西,口袋里当然也没钱,担忧,着急,无聊,后悔,说实话,应该都有,当然也有新鲜和好奇。家里管得严,从小到大不打招呼出门的事从未发生过,也不知道家里人着急成啥样了。南方的二月有太阳,室外气温并不低,在站台上跺来跺去等待搭下一班船回芜湖时,心里完全没底,不知道什么时候有船来。贵池是小码头,没什么客流量,许多大船都不停。还有,当时许多客船包括公交汽车都不准点,不像今天的高铁,开停时间可以精确到分。总而言之,那天到家已经是晚上十点多了。这件事,后来就成为我的经典笑话。这些年才渐渐被遗忘。

  贵池现在叫池州,贵池的东面是铜陵,然后是芜湖,铜陵的西面就是安庆。

地　名

题记

永治是执政者的愿望。太平才是天下人的愿望。

碧水，郁林，黛瓦，飞檐，这些诗文里千百遍吟咏的物象，还是一等一地停留在时光里。就连大大小小的村落，也还沿用着数百年前的芳名。一千年前也罢，今天也好，徽州都斯文得像诗文。

在"八分半山一分水，半分农田和庄园"的徽州，这一分水的地方，能见到一种捕鱼设施，即在河流中间某个流速恰当的位置用木桩或柴枝、编网等横砌成栅栏，把水流拦截起来，鱼游至此彷徨不定之际，正好张网捕捞。这道堤坝因这种捕鱼功用，拥有了一个形象的名称：鱼梁。比如鱼梁古埠，这是当年徽商出山最古老的码头。但鱼梁这个名称，比我们想象得还要古老。《诗经·国风·邶风·谷风》里弃妇以愤恨口吻出现的一句"毋逝我梁"，在东汉《毛诗序》里注为"梁，鱼梁"。唐宋诗文里，"鱼梁"一词"出镜率"更高，比如，李白有"江祖出鱼梁"（《秋浦歌十七首》），杜甫有"晒翅满鱼梁"（《田舍》）。在南宋陆游的笔下，鱼梁简直成了专宠，"山路猎归收兔网，水滨农隙架鱼梁"（《初冬从父老饮村酒有作》）、"云开寒日上鱼梁"（《冬晴闲步东村由故塘还舍》）、"我归蟹舍过鱼梁"（《湖堤暮归》）、"处处起鱼梁"（《稽山行》）、"绿树暗鱼梁"（《追凉小酌》）……当然，陆游是江南水乡绍兴人，鱼梁是习见之物，以之入诗当在情理之中。

由鱼梁，我甚至想起了浮梁。浮梁一地，今人考证为江西景德镇浮梁镇，景德镇是古徽州的紧邻。"商人重利轻离别，前月浮梁买茶去。"白居易的《琵琶行》里琵琶女痛恨的浮梁应为市茶之地，由此可见，晚唐时期茶叶买卖已在此地盛行，"徽商"兴起非一时之功。"浮梁"，本义河水中凸起的堤坝，成为地名应是后来的事。

又比如黟县南屏村，这个始建于元明年间的古村，因村南有一道屏障似的南屏山而得名。提到南屏，自然想起了南屏晚钟。虽然全国有许多曾经用南屏冠名的地方，最有名者还数杭州的南屏山，但我更愿意相信，这个词发源于徽州。徽商出山，沿新安江往东，杭州是最繁华的落脚处。当年从绩溪上庄走出去的红顶商人胡雪岩，走到杭州，把买卖做大了，以至今人误认为其为杭州人氏。杭州城里前三十年还特别著名的张小泉剪刀，它的创始人张小泉同样是从新安江摆渡出去的徽州人。徽商进了繁华闹市，除了带去城里人喜欢的各种山货，也带去了浓浓的乡音，包括一些"移情别用"的地名。

又比如堂樾和甘棠。想到了什么？当然是《诗经》的《国风·召南·甘棠》。"蔽芾甘棠，勿翦勿伐，召伯所茇。蔽芾甘棠，勿翦勿败，召伯所憩。蔽芾甘棠，勿翦勿拜，召伯所说。"这首诗记录的是西周贤相召伯的故事。召伯为了推行文王政令，深入基层，在一棵甘棠树下办公。召伯"三贴近"的作风深得民心。召伯走后，在百姓的自觉维护下，那棵甘棠树枝繁叶茂、开花结果，人称"堂樾"或"唐樾"，樾即树荫。此即典故"甘棠遗爱"的由来。"甘棠遗爱"也作"召公遗泽",意在颂扬贤明仁爱的政绩。典故原发地陕西岐山刘家塬村今存召公祠,祠内供奉有甘棠树以及当年慈禧太后和光绪皇帝避难至此题赐的"甘棠遗爱"匾额。"甘棠远荫"也是岐山八景之一。

地名也是文化。远隔崇山峻岭的徽州,从陕西一个典故化出两个地名,沿用至今,其间古意开枝散叶,与青山绿水水乳交融。太平设县于唐天宝四年(745),县名来自《庄子·天道》中的"大平,治之至也"。宋人乐史在《太平寰宇记》里说:"以地居(宣城)郡东南僻远,游民多结聚为盗,邑人患之,因安抚使奏,非别立郡邑,无以遏此浇竞。时以天下晏然,立为太平县。"环太平县的那汪碧水也称太平湖。据史载,太平立县不久就爆发王万敌领导的农民起义,为加强治理,朝廷又割太平九乡另置旌德县,"冀其邑人从此被化",而能"旌德礼贤"。这些记载与唐代宪宗时宰相李吉甫在《元和郡县志》中的记录一致。

永治是执政者的愿望。太平才是天下人的愿望。

感受小泽征尔：清醒、悲悯与责任感

题 记

"热情四溢，充满色彩和活力""丰富多彩的形体动作""细致的分寸感"……

在当代中国，也许再没有一位外籍艺术家比小泽征尔更能获得公众由衷的敬意。尽管已是第十次来华，尽管给予所有记者一视同仁的"匆匆一面"只有二十分钟三个问题，（2007年）12月29日傍晚，各类媒体的记者还是兴致勃勃地顶着去冬最凛冽的寒风，在国家大剧院三楼等候采访这位被大家亲切地称为"小泽"的国际乐坛顶级指挥家——再过一天，由小泽征尔执棒的国家大剧院第一个新年音乐会将要奏响，这是中国乐坛历史性的"首棒"。半年前小泽征尔众望所归地受邀此任。这也是他此次来华的由头,但大家对他的兴趣显然不仅如此。

标志性的花白头发不羁不苟,黑色西装很眼熟,如果仔细观察,就连调皮的笑容也没有改变——小泽征尔来了,比原定时间迟到了整整二十分钟。而他留给记者采访的时间也只有二十分钟。没有人抱怨。大家知道这位两年前健康状况已报危情的七十三岁老人,下了飞机稍事休息,便拿起指挥棒投身紧张的排练中。与他配合的中国国家交响乐团,是其在中国的第一个合作乐团,也是多年老友。

二十分钟里,大家听到了他对新张的国家大剧院的评价:"我从没有见过这么巨大的管风琴!我在中国见到的东西都很壮观,像长城一样源自非凡的想象力!"大约两年前,小泽征尔就曾到过施工中的国家大剧院。对这位出生在沈阳、生长在北京的日裔美籍指挥家来说,中国的进步和发展都很令其关注:"非常不可思议,我出生在中国沈阳,有时我认为自己是半个中国人。"小泽征尔一字一顿地说。

大家知道了他的梦想之一——"在中国作为一名老师教室内

乐"。"现在年岁大了,不知道能不能实现。"他担忧。对教学的重视超过表演,对孩子的关注超过媒体,是小泽征尔的一贯作风。

几年前,小泽征尔对自己的一个中国学生表示,此生未了愿望是"带领一群日本的年轻学生,到南京、到旅顺当年死难者的墓碑前举行音乐会"。此时,大家听到他亲口叙说了这个愿望——"两年前因为生病取消了计划,现在,我还在努力,希望能尽快实现!"

大家还知道了小泽征尔已经迫不及待地回到新开路胡同69号故居看望埋骨樱花树下的母亲,给老街坊们带去法国产的巧克力和两张新年音乐会门票。前后十次返回新开路胡同69号,记录了小泽征尔的侠骨柔肠和拳拳深情。

"我要尽快地回到彩排现场",三个问题完毕,小泽征尔起身离开,灵活的双手熟稔地摆出指挥架势。此时,他的笑容温和而带着歉意。小泽征尔走了,众记者意兴阑珊,尽管在座者还有钢琴王子郎朗、指挥家陈佐煌、女高音凯瑟琳·芭托。

不用讨好,不用周旋,小泽征尔获得了"高山仰止"般的敬重。

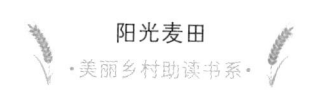

人们敬仰小泽征尔，因为他那独一无二的指挥魅力。"热情四溢，充满色彩和活力""丰富多彩的形体动作""细致的分寸感"……这是通常听到的对其指挥艺术的评价。神奇的表现源自天赋的艺术感受力和音乐浓汤式的感染力。小泽征尔用一双神奇的手，可以轻易地带着乐队去飞翔、去超越。

中国观众敬仰小泽征尔，因为他对中国怀有深厚感情——他是"文化大革命"后第一个到中国演出也是当代与中国合作最多的世界级指挥家；因为他讲述了一个"东方英雄"的故事——作为东方人，他轻松地走进了西方古典音乐的核心，游刃有余地穿行在东西方文明之间。

感谢单纯

题 记

单纯不是单调，单调与乏味和平庸为伍，而单纯是纯粹的姊妹，纯粹以深刻为前提。

在北京交响乐团 2004—2005 音乐季首场演出中，五十六岁的汤沐海在观众由衷的掌声中，汪洋恣肆却又恰到好处地表现着柴科夫斯基的宏大主题。尽管只是匆匆"客串"，汤沐海已然"宾至如归"；尽管协奏曲约束甚多，各乐部已然拿捏得体；尽管《天鹅湖》屡被掰开揉碎，其指挥已然风骨卓立。与前不久俄罗斯国家交响乐团在北京人民大会堂诠释的柴氏相比，这场原本平常的音乐会，因为汤沐海，顿生色香味。无怪乎，此前十年，人们就公认汤沐海是中国最好的指挥之一。十年后，汤沐海风采不减当年。

签约柏林爱乐乐团，与伦敦爱乐乐团等世界一流乐团合作，担任芬兰国家歌剧院首席指挥，作为继祖宾·梅塔和小泽征尔之后又一位亚裔指挥出任欧洲重要的国家级歌剧院首席指挥，等等，绝非我辈出于公私情感之自我表扬，汤沐海在世界乐坛的地位已难小视。尽管如是，我并不想这般那般地谈论汤沐海的音乐成就和艺术天分，我想探询的只是，为什么十年来在国内依然无人能与汤沐海比肩？这是幸事，还是悲哀？

音乐比任何一门艺术更需要天分的。汤沐海的音乐天赋，较其成就更早被公认。但有天赋者绝非汤沐海一人，何故唯其扬名至今？性格使然。前些年报纸杂志对汤沐海的描述，用得最多的一个词就是"单纯"，并由此派生出"执着""投入"。关于汤沐海的单纯，人们甚至列举出一箩筐事实，比如不会与人打交道，比如孩子气十足，比如不懂得生活，比如不会处理艺术与人生的关系，比如……人们还说，因为单纯，汤沐海丧失了许多机会。

不知道汤沐海本人对此作何感想，其实此论调乃大错特错！事实是，如果没有"单纯"，就没有汤沐海的今天。是单纯，使他被音乐催眠和感化；是单纯，使他怀抱激情；是单纯，使他远隔尘嚣，徜徉在真善美三重境界中，得以提升。何况，环顾左右，成大器者无不如此。英国作家艾略特故而盛赞"伟大的单纯"。设想，如果没有这"单纯"，汤沐海早就因沉湎于复杂的是是非非中或精疲力竭或沾沾自喜或故步自封或江郎才尽或早已易弦更辙了。其实，这方面许多教训太深刻了。许多人初出道时，鹰隼试翼，壮志凌云，待上到二重天时，就因为太灵活太聪明太能左右逢源，精力分散做了活动家而不是艺术家了。活动家容易生存，活动家也需要有人去做，但对于我们这个伟大时代的伟大民族来说，一个真正的艺术家，其审美价值和使用价值远远大于活动家或其他。为此，作为艺术家的汤沐海应感谢"单纯"存留至今。

说到汤沐海的单纯，难免要环顾国内音乐界现状。各种音乐会，各种演出季，各种交流场合，被塑造成大师的人很多，是骡子是马拉出来一遛立见分晓。十年来，汤沐海依然稳坐指挥界第一把交椅，这对汤沐海来说是幸事，对音乐界当然是大悲哀。培养艺术家不是割韭菜，不要求十年出几个汤沐海，但至少要生长出希望来。遗憾的是，尽管十年来艺术教育的分量越来越重，艺

术家的社会地位越来越高经济条件也越来越优越，但尚未看到多少希望的春苗。当然有人会说，出大师要有机缘，要有土壤，要怎么怎么。不必为自己找一堵墙依靠，现实的教训是，实用主义和急功近利已经附着在艺术的翅膀上，艺术因为心事沉重而无法自由自在地翱翔。见到汤沐海，艺术就更加怀念单纯了。

需要补充的是，单纯不是单调，单调与乏味和平庸为伍，而单纯是纯粹的姊妹，纯粹以深刻为前提。伟大哀伤单纯的俄罗斯音乐，正暗合此道。因此，汤沐海说最喜欢演奏俄罗斯音乐，演奏时身心俱净，因为丰富的单纯。

音乐中的人是不能被忘记的，包括汤沐海。

·读书与读人·刘琼

刚察往事

题记

地广人稀的地方，语言似乎失去了意义。

路过刚察。我说的是三十年前。

刚察不是目的。没有人会把刚察当目的，目的是青海湖和鸟岛。去鸟岛，乘火车，绕不开刚察。鸟岛有名，刚察也有了名。

青海与新疆、西藏都地广人稀，地广人稀的地方人比动物稀罕。青海的人口密度又是全国最低，从甲地到乙地，动辄十来小时车程，羊牛可能看了一堆堆，还不见一个人影。青海的羊和牛散养，看守它们的牧羊犬像狮子一样肥硕。没有人的地方，时针移动很慢。

阳光麦田

美丽乡村助读书系

三十年前更慢。从前的人普遍脚力好,眼力却又不像现在,对距离的感觉可能就有点不准确。比如,青海与甘肃是邻居,我在兰州读书,就以为到青海、到鸟岛,应该抬脚便是。可这是空旷的大西北,光是从西宁到刚察,晃晃荡荡也得六七个小时车程。

下午两三点,到了,火车丢下我们,继续西行。

荒野的阳光无遮无挡。刚察的"高大上"建筑是火车站,孤零零站在荒野里,一大一小两间房,小的售票,大的候客,不到六十平方米。

这条从东贯到西的铁路是青海境内交通主动脉,往西最远可到格尔木,其间路过德令哈,德令哈其时还寂寂无名,倒是格尔木因为淘金汉大热。火车站的面目极其相似,过去这样,现在也是这样。

今天,动车和高铁的车头都子弹头了,各地高铁站配置显著提高,但也还是标准化的配置,比如几乎都建有轩敞明亮的大站台、开放式大屋顶以及自动扶梯,连广播都是如出一辙的京腔京调。类型化不完全是坏事,从心理学角度,常在羁旅奔波的旅客,来到相似的车站,听着相近的声音,兴许会生发安全感。

同理，绿皮车时代，无论是烟火缭绕的东部沿海，还是寂寥空阔的西部内陆，火车站都是水泥磨面站名牌和描红站名这些标准配置。

这一天，有三个班次停靠刚察。看到描红"刚察"两字时，下午这个班次下了六个旅客，我们五人，还有一个戴渔夫帽的中年男人。

车站外是莽莽荒荒一望无际的草场；大概五百米开外，铁轨的那一边，趴着一个胖乎乎的帐篷，后来知道是养路工的帐篷。

草场上的草不高，三四十厘米的样子，据说这种抓地深的草羊爱吃，养出来的羊肉质细嫩多汁。三三两两的羊在近处晃动，人走过身边，头都不抬一下，没有警惕性，多少有点大而化之。还是看不见一个人。这是6月，青海湖最热闹的季节。那个戴渔夫帽的中年男人下车后很快不见了。

年轻，莽撞，蠢事不断。比如去鸟岛看鸟，是不是事先要计划食宿交通？没有。六七月是青海湖的忙季。此前有新闻说在鸟岛度夏的白天鹅不堪游客之扰，正纷纷逃离，鸟岛鸟的数量在减少。

阳光麦田
· 美丽乡村助读书系 ·

这年夏天，鸟岛正在召开一个鸟类保护的国际会议，加上游客，鸟岛接待压力很大。这个情况，我们之前一无所知。到鸟岛还有四十公里，路太远，站长兼列车信号员建议搭便车。

站在西部的荒野大道上拦车，按照今天的影视逻辑，应该特帅：蓝蓝的天上白云飘，白云下面跑着一辆车，镜头慢慢拉近，车停下，微风吹起，车窗摇下，帅哥笑容可掬。这是好莱坞公路片的套路。

三十年前，我们没有看过公路片，既不幻想巧遇奇遇，也不害怕危险意外。那是天真的年纪。站在荒野里，太阳一点点西斜，将近两小时过去了，开始焦虑。恰在这时，远处的小点走近，放大，是辆半新的双排座大吉普。司机瘦小干瘪。

搭车，司机司空见惯，谈妥价格，我们挤上车。草场和戈壁滩没有路，汽车往哪里走，草碾实了就是路。灰不溜秋低头吃草的山羊，突然奔跑起来的黄羊，体形健硕如狮子的牧羊犬，都猝不及防地进入视野。青海湖的气息越来越近，黑夜来临前一刻，车停了。鸟岛到了。

在鸟岛的那天晚上，如果，我说的是如果，如果没有那家小饭馆将我们收留直到打烊,如果没有那位丹阳籍老支边将我们收留到天明,我们五个人即便冻不死,也会严重冻伤。

昼夜温差大是内陆气候的特点,但鸟岛的温差尤其大,达到60摄氏度,这个经验前所未有。那天夜里最低温度零下43摄氏度,自来水管全部冻结,早起时的洗脸、漱口水,都是老支边从后山的水井挑来的。

他姓吴,迄今记得。江苏丹阳人,鸟岛管理处的会计,明年就要退休。退休后回丹阳吗?丹阳离我的出生地芜湖很近,心里凭空有了亲近感。不一定。十几岁出来,在高原上待了四十多年,妻子和孩子在丹阳,有时候回去看看,不习惯了。这是一张被朔风吹黑了的方团脸,厚厚的,有亲切感。

昨晚,小饭馆打烊后,我们抱着肩膀在露天寻找避风的地方。所有的宾馆包括家庭旅舍全部客满。

就在这个时候,遇到了老支边,他正蹲在屋檐下刷牙。这是鸟岛管理处的办公室兼宿舍,一长排砖砌平房,细溜的院墙,在宾馆和饭馆的背面,没有院门,如果允许的话,屋檐下的走廊应该可以夜宿。

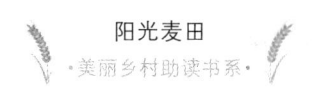

没等我们多请求，老支边站起来，说到我屋里凑合下吧，有一张床，两个女孩子可以睡，男孩和我打个地铺。吃了吗？没有。那做点热汤面吧，不麻烦，不吃不行。

后来这些年，老支边用大菜刀喊里咔嚓切大白菜成为一道记忆痕迹，偶尔会飘出来。干活的姿势暴露了经历，四十年，老支边的面相和习惯已经完全西北化了。

那个夜晚，年轻的我一直在琢磨，西北的风和水那么硬，他为什么不回富庶的江南？直到我自己从西北回到江南，又从江南回到北方，在北方一住二十多年，才慢慢有点理解了。从南方到北方，从中东部到西部，支援大西北建设，在当时形成了新中国成立以后一股巨大的移民潮。

今天想来，理想主义，英雄主义，浪漫主义，哪怕是出于生存需要，都是推动当时西部建设发展的内在动力。起初是热情，慢慢会被西北的风土人情也就是文化感染，也会置换骨子里的血液。流动是常态。

譬如三十年后的今天，是另一种背景下风云际会的年代，从乡村到城市，从北方到南方，谁又能确保在原点不动？或许人活一生，习惯，合适，舒服，便行。寒冷的夜晚，看到了灯光，进到温暖的小屋，被照顾得妥妥帖帖，听到传奇的人生，青年时期的这种际遇，让我一直怀念。

第二天中午，吃完热腾腾的白菜面条，继续赶路。又是一趟更加辛苦的跋涉，同行中的那个女生哭了，但也没掉队。小雨，气温比前一日低多了。还好，拦到一辆车，车费也比前一日高许多。

赶在正午时分回到刚察，雨还在下。在养路工的帐篷里烤干了衣服，等车。养路工的话真少。地广人稀的地方，语言似乎失去了意义。暖炉上围成圈的土豆与拥挤的简易床，成为特写。

回来后，一直想写封信，哪怕是明信片，也行。结果，什么也没写。

前几天，有人问后悔不后悔当年到西北读书。怎么会后悔呢！人的一生走过的路都是财富，这个道理不需要走完人生，就会明白。

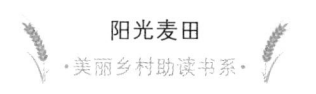

厚密的酒苔爬满洞壁

题记

人类逐水草而居，水是生产生活之源。

这些年，全国各地交通基础设施建设发展特别快，包括唐诗里吟唱"蜀道难"的"蜀道"。架高桥、钻山洞，"天堑变通途"，高速公路像毛细血管一样，深入曾经因为地僻路远而难以到达的许多角落。在这样的交通加持下，加上我自己对小城镇特别是古村镇的兴趣，烟花三月刚过，漫山遍野的桃花、梨花、杏花开始谢幕，缓坡上的晚樱大朵大朵地绽放芳华，娇俏妍丽的"小女孩"玫瑰缀满了道路两旁时，从东部沿海美丽小城临海，坐飞机、搭高铁、走高速，"半日飞渡东西"，我来到西南的二郎镇。

二郎镇位于赤水河畔的二郎滩上。二郎镇上的郎酒庄园，是此行的目的地。在郎酒庄园内的蜈蚣岩悬崖峭壁上，有一组天然储酒洞群——天宝洞、地宝洞、仁和洞。前两个洞，地质年龄有一亿八千万年，洞内万瓮林立，储存着从惠川糟坊时期留下来的各个时期的郎酒基酒，厚密的酒苔已经爬满洞壁。2013年，郎酒洞藏与泸州老窖、五粮液老作坊等一起被列入中国世界文化遗产预备名单。它比秦始皇陵兵马俑还要真实，吸引着我。

上一次来四川，差不多十年前，好像是参观灾后新建的汶川地震博物馆以及汶川新城。汶川属于绵阳，在川西北。此次在川东南。从泸州机场出来，暮色虽至，光亮尚存，商务车沿着高速公路一路向南、向东。这真是一条奇特的路途。刚刚开出大约半小时，司机说前面是贵州境内。抬头，果然看见"毕节""遵义"几个地名。从泸州出发，去泸州所辖的古蔺县二郎镇，却基本上是在贵州境内的高速路上行驶，其中半程是伴着赤水河在走。总共走了将近一百七十公里，一直开到仁怀、习水，进入习酒镇，才出高速。下到谷地，过一座小桥，再往上开，停在半山腰上。楼房多了起来，人也多起来了，到二郎镇了。其实，二郎镇也好，习酒镇也好，今天虽然分属贵州和四川两省，过去都是夜郎国的领地。成语"夜郎自大"一词，看似贬义，其实，也从侧面折射出当时夜郎国所在的这片川黔交界的土地之富庶与自足。

人类逐水草而居，水是生产生活之源。在中国西南版图上，除了长江从西向东流经四川、重庆，成为西南水路交通主脉之外，澜沧江、怒江、雅鲁藏布江等南北流向的河流，从北向南、向东南，浇灌了整个大西南地区。相比大西南诸多名川大河，赤水河显然只是邻家小妹，但这个看起来清秀、清纯的赤水河，经历不平凡。1935年遵义会议后，中国工农红军在当地老百姓的帮助下，四渡赤水，忽西忽东，在川黔滇之间，通过高度机动的运动战，最终突破国民党和地方军阀等形成的重重包围圈，向北挺进，"四渡赤水出奇兵"，取得了战略转移中的决定性胜利。四渡赤水也因此成为中共军事史上以少胜多、变被动为主动的著名战役，还被拍成影视剧等大众文艺形式，广为传播。

四年前的冬天，单位公干，我带着一个小分队到遵义采访。从遵义会议旧址出来，天下着小雨，后来渐成小雪。也是沿着这条高速路，一直开到赤水河边。冬天的赤水河，平缓、清澈、冷冽，像一条绿色的飘带，在川黔边界的山涧间游走。那一次，在一渡，即土城、青冈坡一带，盘桓时间最久。村里的老支书是很早参加革命的红军后代，他的故事至今让我难忘。也是从那一次开始，我认识了真实的赤水河。红军四渡赤水，一渡和三渡在贵州的猿猴场、土城和茅台，二渡和四渡都在四川的二郎滩、太平渡附近。一渡、三渡四年前都走过，探访二渡和四渡的原址，成为此次西南之行的另一主要动力。西南山多壑深，二郎镇的准确位置，是在赤水河左岸，二郎滩北面的山腰上。这里是四川盆地和云贵高原接壤处。从赤水河中游的二郎滩，往上爬一个短坡，就到了二郎镇。镇里的房子，颜色、装饰和结构具有川西建筑风格，一栋栋楼房整齐划一，又是工业时代的典型特征。夜色深了，继续往上爬，一大片开阔地呈现在眼前。灯火通明的那栋西式高层建筑，是郎酒庄园的主体建筑。周边环绕着数栋多层建筑，依山而建，错落分布，花香鸟语近在窗台。早起的时候，站在露天阳台上，可以看到清晨的赤水河。4月的赤水河，还是枯水季，水量小，水流平缓，水色稍稍有点泛黄。据说，到了雨季，赤水河就像情绪不稳定的孩子一样，一会儿清澈可鉴，一会儿又急流奔

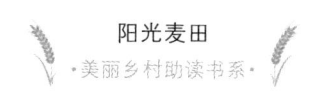

腾。急流奔腾时，含沙量激增，清水变成黄水，赤水河更加名副其实了。

赤水河是一条著名的红色的河流，它见证了中国工农红军前途和命运的重要转折。赤水河还是一条大家公认的绿色的河流，作为长江水系中唯一没有被污染的支流，赤水河与流域内的丹霞、砂岩、翠林、瀑布，共同构筑成美丽的山水画卷。在赤水河诸多冠冕中，还有一顶桂冠极其特殊，这就是"美酒河"。

隔着一条窄窄的赤水河，站在郎酒庄园体验馆的这边，伸手，似乎就可以摸到河对面的习酒镇。沿着赤水河，继续往上游走四十公里左右，进入仁怀市。赤水河把仁怀市一分为二，茅台镇在其中一隅。仁怀的机场也叫茅台机场，虽小，却很繁忙。从二郎镇到茅台镇的四十公里，据说密布了数千家酒厂。中国白酒市场著名的茅台、郎酒、习酒、赖茅、国台、黔酒等品牌酒，由此出发，运送到千家万户的餐桌上。这些倚河而生的厂家，有名有姓有生产许可证的白酒企业有三百多家，无名无证作坊更是多达两千家。赤水河边酒厂生产的酒，占中国酱香型白酒总产量的百分之六十还多。因此，有人说赤水河是酱香白酒的母亲河。这么说，并不夸张。人类逐水草而居，从古至今，赤水河的水不仅养活了周边的老百姓，也养富了周边百姓。一条河，一方风俗和人事。

从东汉刘德校注《汉书》的文字中约略可知，似乎也是在这片曾经叫夜郎的土地上，出现了一种被称为"枸酱"的食物。"枸树如桑，其椹长二三寸，味酢。取其实以为酱，美……蜀人以为珍味。"至于枸酱到底用的什么原料，说法很多，有人说是枸树的果实聚花果，也有人说是桑椹之类。可以想见的是，这类多浆果实，很容易发酵，发酵之后的口感非常奇特，食之可以令人愉悦。枸酱之味，让世人喜爱，这种生活方式和制作方式因此世代流传并流播至不同地区。人们在此基础上，根据周边资源，进行创新、创造，包括下胶、精滤，于是，酒，这种可以饮用、具有特殊滋味和功能的液体出现了。川黔交界的这片土地是不是中国白酒的发源地，不好说，但至少是发源地之一。酿酒，今天是工业化产业，是产业，但起初——至今依然还存在于少数地区，无论是西方，还是东方，只是生活的一种方式。借枸酱为名的酒有，枸酱之食法却不传了。历史的长河里，生活的方式总是不断地变化。至于刘德的这段书写，往往也被当作中国酿酒业的重要记载。

阳光麦田
· 美丽乡村助读书系 ·

　　北宋年间，古蔺县二郎镇一带，人们开始用桑叶、糯米与白术、杏仁等混合制成"凤曲"，然后酿造成酒，美其名曰"凤曲法酒"。明代时，赤水河畔的酿酒业已经非常发达，也就是在这个时期，第一次出现了"回沙"工艺。到了清代，小小的二郎镇上，大小酒坊和糟房多达二十余家，酒师、酒工有几百号人。也许，就是从那时起，二郎镇的上空，就一直飘着浓浓的酒糟香味。

　　二郎镇往西北方向走大约五里，是贵州习水县庙子坪的龙滩村。龙滩村村民在海拔一千多米的高山上种植高粱，颗粒小如米，内里坚硬，淀粉含量高达百分之六十二点八，是制作粮食酒的优质原料，能承受顶级酱酒九次蒸煮、八次发酵、七次取酒的反复工艺，以及长达近一年的酿造周期。优质的高粱米，碰到甘泉水、特殊的微生物菌群，从一滴水到一滴酒的旅程就开始了。

　　在赤水河边诸多酒厂中，郎酒酒厂无疑是既古老又现代的那一个。古老，是因为川黔交界的这片土地及其源远流长的生活传统；现代，是管理理念。

　　今天，二郎镇上的当家小生郎酒，酿造时依然恪守传统大曲坤沙"12987"酿酒工艺，即一年酿造、两次投粮、九次蒸煮、八次发酵、七次取酒，非常复杂。投粮所用的原料是本地糯高粱，准确地说，是以一种叫"郎糯红19号"的本地高粱为主，主要生产地在川南黔北的古蔺、合江、泸县、富顺等地区。制曲所用原料是安徽、河南、四川等地种植的一种软质小麦。端午制曲，重阳下沙，生产周期长，贮存时间长，某种程度上，这个漫长的流程，已经成为郎酒的酿造特色。

二郎镇斜上方的半山平台上，错落着十余座生产车间。"生在赤水河，长在天宝峰，养在陶坛库，藏在天宝洞。"整个郎酒庄园像工业遗产博物馆，接站小哥、司机师傅、讲解员们个个口齿伶俐，专业、殷勤。古蔺郎酒传统酿造技艺，被列入国家级非物质文化遗产名录。乘坐观光车，上坡，下坡，停了下来。这是郎酒的生产车间。仿佛进入开放式厨房，厨师、食材、明火，展露在眼前。这是4月，工人们赤膊干活，似乎比舞台上最美的舞蹈动作还要富有韵律。舞蹈原也是从具体细致的生活中抽象转化而来。

与酒相伴是什么滋味？同行有几人是第一次到酒厂，第一次闻到酒糟味，不习惯。但令人惊奇的是，不管习惯还是不习惯，第二天起床时，就像变戏法一样，前一天还感觉令人作呕的气味，突然就完全消失了。迄今为止，我也不太确定，到底是空气的流通导致气味消失，还是在酒糟味中浸泡了一整夜之后不觉其臭了。这是一个谜。在郎酒庄园还有一个谜，当然，这大概也是所有酒厂的谜：许多从前不喝酒的人，或者不胜酒力者，面对满坛原浆酒，酒量自然而然都有一定程度的晋级。我也一样。酒神般的精神头在夜晚的郎酒庄园升腾。

·读书与读人·刘琼

环滁皆山水也

题记

> 历史上的滁州为棠邑之地,即今南京六合区,为六朝京畿之地,自古有"金陵锁钥,江淮保障"之称。

滁者,滁州也。滁州得名于滁水。滁水,也叫涂水,长江下游一级支流,一碗清水从肥东东北部流出,向东渐成大水,流经滁州,向东南流至南京六合,汇入浩汤长江。

从地理上,滁州与南京"一衣带水",隔江水相望,如今有个时髦的说法叫"南京一小时都市圈"。滁州与江苏接壤边界多达四百公里,其中,来安县的汊河镇距离南京长江大桥仅十二公里十来分钟车程。

汉河,河流在此分叉、交汇。叫汉河镇的地方不少,南京人在远郊区买房度假,向东,向东北,一不小心就买到了安徽。向东是马鞍山、芜湖,向东北就是滁州。

"环滁皆山也。其西南诸峰,林壑尤美,望之蔚然而深秀者,琅琊也。山行六七里,渐闻水声,潺潺而泻出于两峰之间者,酿泉也。"酿泉读让泉,人们说。说得多了,以至于正规出版物也会有一条类似的语焉不详的注释。较真儿起来,查《康熙字典》和《辞源》,都没有提到"酿"通"让",酿读让似乎也不是方言。这个官司怎么解?仔细想来,有一种可能。"酿"写作"釀",也读作"釀","让"是误读。误读的重要原因是滁州另一个太守王赐魁在泉水边自作主张立了块"让泉"碑。"酿泉为酒,泉香而酒洌;山肴野蔌,杂然而前陈者,太守宴也",除了开头,这是《醉翁亭记》第二次提到酿泉,应该作动词解。《醉翁亭记》流传后不久即由北宋的另一个大文豪兼书法家苏东坡挥笔记录,由石工刻于醉翁亭西的宝宋斋内,成为千古名篇。直到清康熙年间一个叫王赐魁的滁州太守很不安分,偏要刻"让泉"两字于碑,镶嵌于泉侧。从宋庆历五年（1045）十月二十二日到任至庆历八年（1048）二月，欧阳修担任滁州太守前后约两年零四个月时间，给滁州城边的琅琊山留下了著名的诗文。后来，欧阳修在滁州还发现了紫薇泉和濯缨泉。直接写滁州的诗，除了《醉翁亭记》《丰乐亭记》《菱溪石记》以外，仅描写琅琊山自然景色及名胜景点的就有三十多首，欧阳修有《题滁州醉翁亭》："声如自空落，泻向雨檐前。流入岩下溪，幽泉助涓涓。响不乱人语，其清非管弦。岂不美丝竹？丝竹不胜繁。"一条清浅的溪水，自欧阳修《醉翁亭记》面世之日起，滁州和滁州的琅琊山就著名于世。环滁皆山，环滁亦皆水也。滁州因为水多水好，植被分外丰茂。这么说有些绝对，其实不止滁州，植物像人一样，水是植物密友，凡水源丰盛的地方，植物大多郁郁葱葱，再来点阳光，那就是植物园，就是南美洲了。

我觉得最好玩的其实是流传的讹误，比如"酿泉"还是"让泉"，在所有能查到的点校本中都认为，"酿泉"应为"让泉"。让者，两峰之间流出地面。但证据其实也是单一的，比如都以王赐魁的碑刻为据。王赐魁，清康熙二十二年至二十三年（1683—1684）任滁州知州，补修了两卷《滁州续志》，《游醉翁亭（二首）》其一："揽胜寻幽过野塘，有亭峙立石桥旁。碑中墨迹生苔色，树底云根点绿芳。前哲登临传世远，后人题咏续游长。漫云既醉不关酒，亭外仍流曲水觞。"其二："绿满深林处处莺，让泉时作佩环声。名含酒意心先醉，身傍梅花梦亦清。绰约轻风思道子，参差奇石访初平。流连不禁诗脾渴，且酌流觞代觥觚。"

在滁州，我第一次看见并记忆深刻的植物是鬼柳。这种诨名鬼柳的高大落叶乔木，也叫枫杨，顾名思义，像柳像枫像杨。从植物分布来讲，鬼柳很平常，黄河以南常常见。但现如今有水而且还有荒野还舍得抛荒的地方，在人口较稠密的黄河以南，也是难得一见。这里是八岭湖，著名的江淮分水岭张八岭的脊背上。没有求证，八岭湖应该是虚数，弯弯曲曲大约走过了好几个山岭，才到达张八岭，也就是明光境内。到了张八岭的八岭湖，这个湖已经不能断定是湖了，湖是有宽度的水域，一些河段窄得像小沟渠，沟渠的两边，枫杨开始缔造它繁盛的家园。我不知道别人是如何看这种在荒野里特别是浅水河岸边成群出现的根系庞大或暴露或隐蔽的结着顾长柳条的母性植物，在我的眼里，它们像荒野一样安静、安淡、安稳。我主观地认为它是母性的，就像南方的榕树一样，天生枝叶茂盛，每到一处都乐于扎根，子孙充足。这种母性的有魅力的植物，在荒野里出现，不可思议地温柔、抒情甚至人格化了。这就是奇特的人和自然的关系。有的时候，你会觉得荒野可怖，遍地是陷阱，是毒蛇，是无法躲避的伤害。而有的时候，你会觉得荒野是柔软的细腻的，是更美好的。更美好，是因为荒野里的一些元素，比文明化的城市更能唤醒人的本性，比如对于自然的亲近。人怎么能脱离自然呢？即便生下来就住在钢筋混凝土的"火柴盒"里，每天还是要抬头看看天，看看流云，看看即将到来的风暴。欧阳修在《醉翁亭记》里提到在滁州做太守时常与同道者去体验和享受"山林之乐"。山林之乐，是人近自然的天性。

荒野是未经雕琢的自然。自然，特别是未经雕琢的自然，越来越稀罕了。河道不必宽，水流不必清，树木不必高大，道路不必平，即便是道旁裸露的泥土，也不必都覆盖上草木。旁逸斜出，在这个时候是自然本性，是规整之外的美。只有在大片的荒野里出现的特异的枫杨，才够格称得上鬼柳。鬼者，变也，不可捉摸。裸露、发达几近人形的根系，疏朗刚劲的树干，交织的浓荫，生活在近水环境甚至能长期泡在水里，欣欣然，这是荒野里的鬼柳的面目。它才叫鬼柳，似乎有异于或高于人世凡物的生存能力。人们对于鬼本身是惧怕的，但对于具有鬼一样特异功能的人和事物往往是欣赏的。比如父母常常把古灵精怪的小孩子称作"鬼东西"，是嗔怪。叫作鬼柳，也是对其长相和生命力的惊奇。

在滁州，还有一种植物可以与鬼柳媲美。这就是池杉。我是在朋友发来的照片上见到了碧波千亩的池杉湖和清秀颀长的池杉林。位于滁州来安和南京六合交界处的池杉湖湿地公园，占地近六千亩，为华东地区最大的湿地公园，树生水中，鸟鸣林中，鱼游水中，形成一种类似于南美亚马逊六月的生态景观。池杉，顾名思义，长在池塘里的杉木。杉木科植物喜温热湿润，池杉尤甚，长在水里，青葱挺拔。这种长在水里的树木不少，比如红树林，长江流域以南山区重要的造林树种。

滁州的水怎么丰盛法呢？以大滁州为坐标，整个滁州地域正好由南向北夹在江淮之间，南北有长江、淮河两大水系，支流纷出，滁州想不跟水打交道都很难。以小滁州为坐标，隔滁河与南京相望，距南京城五十余里，所以历史上的滁州为棠邑之地，即今南京六合区，为六朝京畿之地，自古有"金陵锁钥，江淮保障"之称。

从六朝到宋朝不过几百年，但江山易主，京都的位置北上，滁州的乃至南京的政治地位和地理地位急剧下滑，从开封到滁州，欧阳修这个一向孜孜不倦的"三好"官员自然会有不遇不畅之叹。但江淮又确实是自然环境很美，富庶。欧阳修携众游山林得山林之乐也是难免的。

三十年前，我在兰州上学，毕业时，身边最要好的朋友和她的男友为了能长长久久，一起被分到了滁州。滁州当时有个扬子集团，风头正健，出了很多品牌，包括德国西门子冰箱在中国的生产线后来也被它收购。这个时期也是中国电器行业的黄金时期。从那个时期开始，滁州在脑海里就成了有景有人有事的地方，也就成了向往之地。

人其实容易灯下黑。看远方不难，从小，我们就被教育要胸怀大志，登高望远。于是，走出了家门，走出了家园，甚至走出了国门。

阳光麦田
·美丽乡村助读书系·

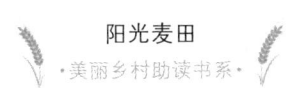

徽州驴

题 记

　　高门大厦的瓦檐上青草明显地长了一茬又一茬，青砖的缝隙里爬满了岁月风尘。

　　通往查济的路上，总能看见一头驴在山坡上攀爬。从绩溪上庄走出去的文人胡适在去国怀乡的言谈里，谈得多的除了"一品锅""徽州饼"，大概便数这头勤劳的徽州驴了。

　　徽州驴是徽州人对自己生存境遇的自况，有自谦成分，也不免有自矜的味道。

　　因为善于背负、吃苦耐劳、性情温顺等诸多优势，早在青铜器时代，中外的驴就开始了它们的驯化史，还分化出一些品种，比如中国有关中驴、德州驴、广灵驴、泌阳驴、新疆驴等。徽州驴不属生物名种，徽州驴是文化名流。西方有句谚语是"蒙上眼睛的驴子只会跑"，极言驴之勤奋，徽州驴是徽州人对自己这种吃苦耐劳品性的自况。徽州地面绿意葱茏，"山有一丘皆种木，野无寸土不成田"，山里地少人满，只能见缝插针，高绿化率实属生存所迫。局促的生存条件形成了徽州人独特的成长宿命："前世不修，生在徽州，十三四岁，往外一丢。"即有土地养不活不断增长的人口，因此，无论怎样富裕的家庭，如果生了两个以上的男孩，其中一个必然被"往外一丢"，或入仕，或经商，"少小离家老大回"。徽州人这种斯巴达式教养方式，与族群求生本能是一致的。山路难走，过去出入山里的主要交通工具恐怕就是已被驯化的驴了，因此，在徽商原始积累的征途上，徽州驴是忠实的伙伴。徽州人牵着这些沉默寡言的伙伴，带着茶叶、竹笋、木耳等山货出山做买卖，赚到第一桶金，才能转向盐业或其他更大的买卖。与身边的这些驴一样，徽商即便在外面的世界鼓捣出了名堂，也还是低调、勤苦甚至是节俭的。勤苦、节俭、上进、温良，这些都是传统教育中"塑人"的目标，因此，徽州人自比"生命不息、劳作不止"的徽州驴,既是无可奈何的自嘲,又有明显的文化自豪。

当然,自比徽州驴,还因为一个重要共性:倔强。生活中,我们常说某人犟得像驴,言下之意这个人比较固执。换个角度,比较固执,就是有坚持劲儿。有坚持劲儿的人虽然变通性不够,要走很多弯路、吃很多苦,但因为能够坚持,往往也会成功,能获得大家的认可。

安庆人虽非徽州人,但性格中的韧劲不少。作为五四新文化运动的旗手,陈独秀的"独秀"没有异议,他的人生遭际也是相当"不群"。一个书生气浓厚、不搞阴谋、特立独行、理想主义甚至教条化的人,作为一个号手或旗手没问题,但是,作为一个组织的领导人就会产生很多的问题了。这位先生的书生气,不是通常的偏执、任性、意气,而是"吾爱吾师,吾更爱真理"般"可怕"的坚持。这种坚持,导致他五次入狱仍然不改信仰——在他看来监狱和研究室都是产生真理的地方,也导致他在第一次大革命中坚持执行共产国际的错误指示,以致犯了严重的右倾机会主义错误。他的一生,如他的老朋友朱蕴山所言,"僵死到头终不变,盖棺论定老书生"。这像不像固执的徽州驴?陈独秀不是徽州人,从他的家乡怀宁顺着长江下行至芜湖,然后跋山涉水,才到徽州。他是诗人海子的同乡前贤。

温顺是驴与马的区别。与马的"高大上"不同,在东西方谚语里,驴都扮演着干得多吃得差被捉弄的老实角色,再委屈也不反抗,更不会撂挑子不干,比如柳宗元的《黔之驴》里老虎对驴的调戏、《伊索寓言》里驴马差异性待遇。

游子的心从来绵软,泪腺也发达。返乡的路上至今铺着一个世纪以前的青石板,高门大厦的瓦檐上青草明显地长了一茬又一茬,青砖的缝隙里爬满了岁月风尘。婚姻生活最能见出一个人的性情。当年五四新文化运动的精神之一是"反封建""反旧道德",反封建包办婚姻是"反封建""反旧道德"的一个具体落点。许多人不解,个别号为新文化运动的主将洋装穿了多年,也曾心猿意马,但对小脚夫人何以始终待之以夫妻之礼?夫妻之间的事旁人难以明晰。这位绩溪上庄走出来的洋博士,虽然也写出"两只蝴蝶"之类开怀诗篇,但寓居纽约的日子寂寞漫长,谁能聊解乡愁?大概只有小脚夫人和颤颤巍巍端上来的"一品锅"了。话说至此,

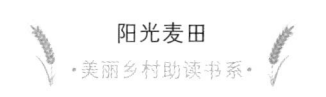

想起近来有人写剧本责备鲁迅薄情,替朱安不平,家长里短原本理不清,即便思想深邃如鲁迅也有行动的各种为难,生在今天的我们又怎能理解孝道以及夫道对于鲁迅的桎梏呢?对于历史,我们可以指手画脚。对于具体的人,似不应过分苛责,他有他的百般具体。

还是回到徽州。歙县小北街上,当年的崇义学堂南缘,是1984年修建的陶行知纪念馆。陶行知半身塑像后上方挂着宋庆龄的题匾"万世师表",正面照壁是毛泽东的题词"伟大的人民教育家"。陶先生十七岁离开歙县西乡黄潭源村,经历种种,包括对欧、亚、非、美二十八个国家的考察,之后骄傲地宣布:"世界上只有瑞士可以与我的家乡相比!"当然,这里面不排斥主体情感注入后的变形,仿若"情人眼里出西施"。以陶行知的机敏和才华,原本可以干很多大事,但这位"徽州驴"终其一生只把现代教育作为事业,在当时的中国社会率先提出并践行"生活教育"和"社会教育",他的坚持使他"哀荣备至"。

没到季节,看不见桃花潭的十里桃花,还是走几里路,去厚岸村。那里除了查济,还有王稼祥的故居。被雨水冲刷的青砖黛瓦和马头山墙散发着落寞的味道，屋后那道斑驳的院墙以及院墙边的茂林修竹应是旧物了。2013年3月，王稼祥故居被国务院列为全国重点文物保护单位。想起在芜湖狮子山王稼祥母校新建的王稼祥纪念馆，这是城市最热闹的江边、最古老的街道，静无一人。今天，大概很少有人知道，因为这位中央三人军事领导小组成员在遵义会议上"投了关键一票"，毛泽东进了三人军事领导小组；因为这位党内著名理论家1943年7月在《中国共产党与中国民族解放的道路》一文中首次使用"毛泽东思想"，这一概念开始传播。

教养及教养的学问

题记

> 舐犊之情人皆有之,是人的本能,但并非每一个做了母亲的女人都具有家庭教育的能力。

这是一本谈家庭教育的书,跟我平常的文艺"本行"有点距离,好在我是中学生的母亲,好在作者是认识了近二十年的朋友,好在作者从事的工作也跟文艺有关,何况在此我也是重点聊聊作者李春利其人。当然,把文章标题改为"为母亲的女性"似乎更恰切。

若干年前看过一篇鸡汤文,大意是中国女性和外国女性的差别云云,文章论证了这些差别对于中国文化、中国社会以及西方文化、西方社会的影响。文章的核心观点是中国女性比中国男性出色，因此中华文明才是这样的形态，才有了今天绵延有序的发展。文章自带强烈的文化自豪感，但我视其为鸡汤文，是因为该文的论证逻辑不能说服人，还停留在想当然和自慰阶段。不过，文章关于母亲对于家庭教育起主导作用这一观点，我倒是完全赞同，因为不仅中国家庭如此，在西方社会，母亲这个角色在家庭教育中起的作用也大体如此，这是由女性的性别倾向和行动特征所决定的。

我们都知道，人区别于低等动物的一个重要表征，是人具有丰富的情感表达和复杂的理性思考的能力。情感表达有本能，更有情感教育的痕迹，情感表达能力成长是人格建设的重要组成。与理性思考、逻辑能力这部分的训练责任往往被指派给父亲相对应，情感教育责任则被指派给家庭中的母亲，因为大家认为，在生理学和伦理学层面女性群体都应该比男性群体更擅长交流和表达。一般而言，在一个正常家庭里，父亲和母亲共同努力，通过情感教育、理性教育等各种教育形式，对孩子进行各方面的教育，最后形成家教和家风。这个情况在中国社会有点例外。因为长期

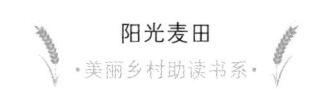

存在"男主外，女主内"这一传统家庭分工，男性因为工作忙等各种主客观原因，往往放弃家庭教育责任，这样一来，家庭教育具体事宜几乎全部落在女性也就是母亲身上，母亲不仅担负情感教育责任，还要代替父亲行使理性、逻辑各种知识教育责任，母亲的责任显得格外重要。母亲的素质，决定了一个家庭的教育品质。所以，自古以来，诗文传说中对于母亲的颂扬，要远远多于父亲。同时，人们也充分认识到母亲这个"角色"的重要性，比如岳母刺字是家风好的正面典型，逆子法场咬食母乳则是溺爱导致严重后果的负面教训，等等。整个社会舆论对母亲的要求很高，作为母亲的女人也在压力中成长。

《不别离，我把世界都给你》这本书，是李春利的家教经验的书写。看书名，"不别离，我把世界都给你"，似乎饱含自信，却是满纸舐犊之情。我把这个书名理解为两层意思：一层谈的是爱的体验和伙伴教育——这是人格教育中的情感教育，通过父母的陪伴和引导，孩子获得了解和把握世界、"由此及彼"的成长经验；另一层谈的是语言教育——这是具象的知识教育，通过延请互惠生到家，让孩子在多元文化交流中获得知识，获得更多层面的成长。因为之前交流过很多类似话题，说实话，书中许多人和事，包括理念、倾向，甚至语言方式，即便不读这本书，我也能想象出一个八九不离十，但我还是一口气读完了这本书，并且被李春利那种爽利、笃定、无怨无悔的叙事气息打动了。

1998年夏天，八部重大题材国产电影座谈会上，第一次见到李春利——当时还是一个时髦、漂亮、骄傲的姑娘。之后，关于她的传说，每一次都出乎意料。最吃惊的是，大家耳熟能详的歌曲《烛光里的妈妈》最初的歌词，竟然出自李春利中学时代的作品。最意外的是，时髦傲气的李春利踏踏实实地嫁给了一个优秀的农家子弟——作为中央戏剧学院表演系主任，她的丈夫陈刚不仅桃李满天下，自己担纲导演的作品也很出色。最让我感慨不已的是，李春利不仅在事业上辅佐丈夫，还在将近四十岁时生了一个美丽的小姑娘，并教养成人。

仔细想来，对李春利的这些"传说"，我也不应该感到奇怪。事实上，李春利生长在一个传统家庭，她的父亲李德润是我刚参加工作时的老领导，当年就是李春利的父亲领着她来开座谈会，我才认识了年轻的李春利。这些年，我看着李春利对父亲尽孝，照顾常年卧病在床的母亲,体贴和关爱妹妹,看着这么一个孝顺友悌的姑娘成长为一个贤惠的妻子、出色的母亲。记得有段时间,我跟《中国青年报》的吴晓东一碰面就感叹:"春利真是爱操心!"吴晓东也是李春利多年的朋友。爱操心是个通俗的说法,它体现了李春利主动奉献和自我牺牲的传统价值观的一面。我赞成李春利这样的价值表达:有是非感,有责任心,有所为有所不为。

比如,她像一只老母鸡,张开自己的双翼,圈出一块空地,让女儿在其间获得春利心目中最好的教育,快乐、健康、完美地成长。这块双翼圈出的地儿,是李春利奉献给女儿的世界,为此,她要付出各种心力,包括精力、时间、金钱等,她一度甚至几乎放弃自己的职业,节衣缩食,全力培养女儿。为了支付包括家教在内的各种费用,漂亮时髦的李春利很节俭,辛苦地工作。时间上,做了母亲的春利一度除了基本工作之外,工作日晚和周末从不外出。做了母亲的女人,这样地牺牲自己,包括心力的付出、职业的牺牲、为了生活的奔波,委屈不委屈?值不值当?这是许多女人一边付出一边嘀咕的心事。牺牲是母性的一种本能,但不是每个做母亲的女人都会无怨无悔。有人或许会反驳说,女性可以保留自己的自由，不一定要为孩子牺牲自己。这是生命价值标准问题，我们不去争辩。我也不赞成做了母亲的女人把自己的存在价值完全寄托在孩子身上——这应该是不安全的，这样的寄托对孩子也不公平。但看到李春利这样快快乐乐地享受"付出"和"回报"，突然理解了什么是奉献。奉献应该就是没有一丝委屈，高高兴兴地付出。某种程度上，对于包括亲人在内的他人的体贴和关爱，是李春利的一种习惯。一个漂亮时髦的姑娘成为另一个漂亮时髦的小姑娘的妈妈，一个新生命的诞生养成使一个女性的生命价值获得了新的创造力。岁月不可抵挡地逝去，柴米油盐和婆婆妈妈不仅没有消耗掉李春利的激情，成熟大气、依旧漂亮的李春利反而找到了生命的另一种自然、合理的出口。舐犊之情人皆有之，是人的本能，但并非每一个做了母亲的女人都具有家庭教育的能力。面对李春利的"成功转型"，我没有感到意外。一个女人自身受到怎样的家教，往往决定了她能否成为一个合格的母亲，从李春利身上我再次验证了这个规律。

　　做了母亲的女人从飘浮的云端降落到地上，生命以另外一种形式开始。我和李春利的交往也从这个时候密切起来。三年前，

阳光麦田
· 美丽乡村助读书系·

一次出差途中，李春利说以女儿皮皮成长为素材编剧的电影马上公映，导演是陈刚，女儿皮皮是主演。这就是后来获得第九届巴黎中国艺术节最佳喜剧奖、中美电影节金天使最佳儿童奖的《洋妞到我家》。在这部影片里，扮演妈妈的徐帆、扮演爸爸的陈建斌和扮演女儿的皮皮（陈一诺）"并列"主角，近乎完美地诠释了中国中产阶级家庭面临的头等大事——下一代的成长教育问题。影片上映后在许多家长群里产生了强烈共鸣，并获得了包括中宣部精神文明建设"五个一工程"奖在内的各种荣誉。电影《洋妞到我家》的编剧李春利，把自己的生活状态，包括自己的困扰、自己的思考、自己的做法，用影像艺术的方式呈现了出来。说实话，我看到的不是困扰，而是对于笃定的价值观的表达。这个"洋妞"，是李春利从女儿皮皮四岁半以后陆续请回家帮助孩子学习语言的来自哥伦比亚、德国、瑞典、英国、芬兰等国家的留学生，也是通过这部影片的还原，我清晰地看到了李春利的日常生活和女儿在她心血浇灌下的成长历程。她的女儿皮皮，简直是中国版的秀兰·邓波儿：欢畅、健康、伶俐，让人爱如珍宝。看到李春利的家庭教育结出了珍贵的果实，很多人包括我自己会改变此前的看法，比如早教的必要性；比如生活经验的教育；比如一个新的生命的完成，不是在出生，而是在其后的教育；等等。

　　文如其人，这本书爽利的语言也是李春利的日常语言风格。看到李春利的日常生活由影像语言又变成了文字，我一边为李春利这些年的付出和收获感慨，一边对其各种创造力的生发表示由衷的祝贺。

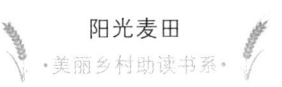

我们今天为什么纪念聂耳

题 记

音乐创作与大众情感、时代主潮的本质关系，是聂耳音乐创作获得历史认同和广泛传播的重要因素，也是判断聂耳音乐创作价值的主要依据。

今年是作曲家聂耳一百周年诞辰。从1935年聂耳在日本溺水去世至今，已经七十七年了。七十七年后的今天，中国社会进入网络时代，在大量丰富的时代信息充盈人们的生活的时候，人们还没有忘记聂耳，中国音乐家协会、云南省政府日前在聂耳的家乡玉溪举行了一系列纪念活动。不仅是聂耳的家乡人不能忘记他，许多中国人也不曾忘记他。

读书与读人·刘琼

"不能忘记",不是一句含糊其词的美誉,它要用无数的事实来支撑。就我所知,今天的小学生音乐课程中关于国歌有专门教案;不少普通老百姓都对中华人民共和国国歌《义勇军进行曲》曲作者聂耳的名字耳熟能详,他们听过甚至会唱《卖报歌》《渔光曲》;而音乐专业的人更不用说了,中国民乐走到海外,走进各种音乐殿堂时,保留演奏曲目往往是聂耳的作品《翠湖春晓》和《金蛇狂舞》。聂耳从生到死不过二十三年,在一个狂飙突进的年代,他从彩云之南走进大上海,走到北京,走到日本。在那个文化激荡、人才辈出的年代,年轻的聂耳像一颗流星照亮了时代的天空,匆匆,却又永恒。值得深思的是,今天我们为什么不能忘记聂耳?

我想,原因至少有三:一是作为中华人民共和国国歌的曲作者,他的名字已经被载入史册;二是作为一位作曲家,除了国歌外,聂耳在短暂的有生之年创作的三十三部作品,几乎每一部都被广泛传播,具有很强的生命力;三是聂耳的家乡一直以他为骄傲,这么多年做了大量的传播和继承工作,事实证明,这是富有历史远见之举。

在聂耳短暂的二十三年生命里，真正从事音乐创作不过三四年的时间，但他却创作出不朽之作，很多作曲家终其一生也不能望其项背，不得不承认聂耳是一个天分极高的人。但是，天分高的人不在少数，真正成大材者却很少，真正成大材者靠的不仅仅是运气和偶然的机会。

今天看来，音乐创作与大众情感、时代主潮的本质关系，是聂耳音乐创作获得历史认同和广泛传播的重要因素，也是判断聂耳音乐创作价值的主要依据。除此之外，聂耳创作的另外两个特点，对于从事音乐创作和教育工作的人来说，同样可以获得启示。

一是音乐创作与民间音乐遗产的关系。聂耳的音乐教育是在母亲的民谣戏曲吟唱中完成的。我们说一个作家的创作往往是对十八岁以前记忆的改造，音乐创作同样如此，音乐家的美学修养和审美经验往往源于青少年时期。在云南这块民族艺术的沃土上，聂耳的周围都是民间音乐家，他从小跟着亲戚、邻居学习各种传统乐器，跟着母亲学唱民歌，并积极参加各种演出。聂耳的音乐作品巧夺天工地化用了很多云南民间音乐元素，尤其是《翠湖春晓》这类作品，旋律和配器的民间性特别典型。民间音乐在民间的自在流传，经历了时间的淘洗和传播的选择，形成了流传的有效性。这种有效性生成了价值，成为今天的非物质文化遗产。中国当代作曲界一些到海外学习和发展者，近年来的创作呈现出"民族元素的回归"，不完全是迎合"猎奇"心理，更多的是文化营养和记忆的自觉回归。音乐创作离不开人类创造的这些遗产的营养。当然，如果没有聂耳这类音乐家的提升和传播，民间音乐的生命力也会大打折扣。因此，在中国当代音乐高等教育中，要加强对于民族民间音乐教育的重视程度，而不能放任言必称巴赫和交响乐，对于中国音乐的"主体性"却一无所知这类现象发生。

二是音乐创作与传播的关系。民间音乐是聂耳的音乐源泉，滋养了他音乐创作的调性风格。有人说聂耳的作品旋律简单，甚至以"旋律简单"诟病聂耳的音乐创作。艺术的本质是用创造来抒发性灵。我认为，对于音乐创作来说，不能武断地用简单或者复杂来判断音乐创作的价值。简单不代表单调、单一、贫乏，复杂不代表高级、高等、丰富，音乐是表现心灵的创作，技法的东西一定要有利于表达和托举主题。我们从许多音乐作品的流传轨迹可知，易于传播的作品只有一个标准，即旋律动人。具体到聂耳的作品，如《义勇军进行曲》这样具有宏阔气象的作品，调性并不复杂，节奏晓畅明快，气势磅礴，令人热血沸腾，这也是它被确定为国歌的一个重要原因。其他如《大路歌》《卖报歌》等，旋律很简单，但是情感形象突出。艺术作品通过打动人的心灵而产生感染力。一部作品如果不能关注心灵，不能产生感染力，那么这部作品技术越复杂，就越叠床架屋，最终成为技术的牺牲品。

丹麦之所以为世人尊重和向往，很大程度上是因为童话作家安徒生，一两百年过去了，安徒生依然是丹麦人的骄傲。一个民族、一个地区，要珍视自己的历史，要珍惜自己生活的这块土地上的英雄伟人。历史悠久的中华民族人才辈出，应该更有条件让既往的珍贵经验化为当代资源，化为厚重的人文传统，化为文化遗产。因此，对于聂耳的纪念，我们也不应满足于开几次纪念会议，我们要思考聂耳的价值是什么。对于这一价值的判断、认识和传承，是对聂耳最好的纪念。

2012年7月

能看懂什么

题 记

轮流看,吞咽着看,偷偷看。即便是这样,我们不仅在一个暑假看完了这套书,而且,还记住了里面一些情节。

其实,标题应该是"什么时候看《红楼梦》"或"阅读要从小开始"。

阅读要从小开始,大概是天理,不需要论证。也有一些人写文章出回忆录,表明自己从小顽劣,不事上进。不事上进是个多面向词,比如不是父母老师眼里的好孩子、好学生,不早早设立奋斗目标。饶是这样,你也会发现,字里行间,他在说自己怎么饥渴地阅读《三侠五义》或者《儿女英雄传》以及怎么拉个场子偷偷演练等。好,无论什么,开卷都有益。不开卷者,无论怎样聪明伶俐悟性高,都会让人觉得可惜,少了很多乐趣,少了很多机缘。都说阅读是自我教育,不需要指导,但是对于不更事的孩子,我看还得父母引进门。今天的父母,当然都是望子成龙、教养有方,应无问题,可是我们这一代人呢?

我的伙伴基本都比我大两三岁,父母因为工作忙,早两年就把我们送进学校放着养。放着养是我们这个年龄段的共性,不悲惨,也不是坏事。在放着养的时候,阅读显然是纯天然的,有啥读啥。读《西厢记》时只有八九岁,小屁孩能读懂什么?书大概是从父亲那儿偷偷抄来的,很薄。翻看了好几遍,不懂。但好处是,若干年后,我又重新翻看,大概懂了。

至于《红楼梦》,在读原著之前林妹妹宝哥哥的故事已了然于心——这是《红楼梦》多媒体传播的好处。真正读的时候,是初中二年级的那个夏天。那个夏天,南方下了特别多的雨,长江下游许多支流决了堤,许多地方破了圩。我们家住进来两个特殊的小客人——父亲旧日同学的孩子。小姐姐是我的小伙伴,她带来一本《红楼梦》。其实一共四本，绿皮，另外三本在另一个人手里，我们需看完这本拿去换另一本。轮流看，吞咽着看，偷偷看。即便是这样，我们不仅在一个暑假看完了这套书，而且，还记住了里面一些情节。因为年龄的缘故，对男女兴趣不大，对饮食更感兴趣，反复谈论的倒是妙玉煮茶和中秋吃螃蟹。当时不解的是妙玉讥讽的"牛饮"，我们都用大茶杯咕嘟咕嘟喝水，难不成都是"牛饮"？还有一个不解，就是贾府每顿吃完饭，丫鬟都要上茶盏漱口。我虽生在茶乡，茶叶也还是金贵的，怎么会用茶来漱口？漱完嘴里不还残余茶汁吗？想不通。生活旨趣之差异大也。

还要说的是，若干年后，我的一个大学同学成了明清文学研究的权威。跟他探讨《红楼梦》的版本，他一口否定有"绿皮"和"四本"之说，这就让我对自己的记忆产生了严重的怀疑。时至今日，我也不明白，到底是记忆出了差错，还是版本出了差错？不妨以此文求教于方家。

三月的最后一天

题 记

> 雷达师兄向有当代文坛"雷达"之誉,他的判断从不随意。

那个一直大声叫我"小师妹"的大师兄走了。3月的最后一天,竟成了悲伤的日子。

叫我"小师妹"其实不准确,这么称呼唯一的依据,是雷达师兄与我有共同的母校——兰州大学;共同的授业师长——柯杨老师等。尊敬的柯杨老师去年5月去世。之前不久,我们87级在京同学刚刚与老人家团聚,谈到文坛"兰大四杰"时,他说阎纲、谢永旺、周明是同辈,只有雷达是学生辈。绚隆同学记忆力好,立即还原出当年我们在读时，作为中文系主任的柯杨老师不仅亲授《民间文学概论》一课，还在开学第一课循循善诱，鼓励大家向雷达师兄学习，云云。如此，从柯杨老师这边序起，如果忽略年资悬殊，兴许可以称雷达师兄；但我的同班同学后来读了雷达师兄的博士，以同学序，辈分又似乎不对。

后来之所以称"师兄"，是师兄本人的坚持，他说"这样方便"。这些天，断断续续看到一些文章提到师兄的"活力"和"锐气"，提到他不服老，一个证据是常常与晚辈称兄道弟。是这个道理，但我想，这里面恐怕还有一重亲切意味。有人据此说，雷达师兄身上有率真之气，没错，我愿意把其称作勘破世俗的"真挚、宽和与善意"。所以，雷达师兄走了，才会有那么多人自觉地怀念他，认他做朋友、师长，从他的身上感受人性的美好。我也是。

十多年前，好像是在《文学报》组织的会议上，第一次见到大名鼎鼎的雷达师兄。其后，几乎每次见面，他都会大声地说"师妹，你也来了"，似有担心我在众人中寂寞的成分。如果那个时候，我恰巧新写了文章，又恰巧被他看到，他一定会当众谈论、高调鼓励，这就确实是抬举后学了。可惜我并不勤奋，所以，有

阳光麦田
美丽乡村助读书系

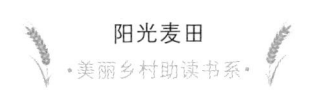

时他会忍不住打电话来说个事,顺便督促一下。后来我手痒,写了几篇散文,他也都注意到了。记得济南出差期间,不知什么缘由,大家谈到我刚刚刊发在《光明日报》上的《祖父的青春》一文。雷达师兄让我把全文发给他。他看得很快,看完后特别认真地说:"你祖父,确实值得写。你这么写,没想到。"就在那次,他告诉我正在写"费家营"系列。"费家营"系列后来影响很大,包括《韩金菊》。

想起另一件事。与雷达师兄联系比较多时,应该是我担任《人民日报》文艺理论评论室主编期间。一方面,我要就工作中碰到的一些问题请教师兄;另一方面,师兄也会因一些文章与我探讨。其间发生的一些事,记忆深刻。比如王蒙先生的《这边风景》出版,怎么评价这部沉甸甸的、带着旧日情感和昔日痕迹的新作品?我清楚地记得,大家议论纷纷,意见差别很大。晚间,雷达师兄打来一个长长的电话,说写了篇近五千字的评论。我还在犹豫,用近五千字的篇幅评论一部作品,这种大方,我们报纸已经不允许了。"王蒙的这部长篇小说是当代文学的一个重要成就,我们要认真对待。"他说得很严肃。我想打个折,删两千字,各方审

读书与读人·刘琼

版也容易通过。他沉默了,说想一想。不到半天,他又打来电话,表示理解报纸的要求,但他特别认真地说,删完不能尽言,有损于对这部作品的评价。这次轮到我沉默了。如大家所言,雷达师兄向有当代文坛"雷达"之誉,他的判断从不随意,一个大评论家评论一个大作家的具有重大标志意义的作品,如果仅仅因为篇幅问题,我们的报纸与之失之交臂,日后必然后悔。好在各级领导开明,经请示,同意发头条并加编者按。这是我主持文艺评论时的一个特例。这期间,雷达师兄和编辑的电话来来回回,他的果敢和严谨令人难忘。后来,《这边风景》获得第九届茅盾文学奖。我心里也大大地舒了口气,总算没有吃后悔药。

见到雷达师兄时,我说《韩金菊》写得太感人了,有些"不忍卒读"。他听了,没有像往常一样高兴,沉默了一会儿,说,是啊,寻找她的墓时,本来都不抱希望了,竟然在绝望之际碰到了……这是去年的事了。

再往前,2016年8月31日,《解放日报》"朝花"副刊编辑徐芳来京,招呼老作者聚会。七十三岁的雷达师兄骑着自行车驾到,笑呵呵地正泊车,被我用手机拍了下来。我说漫画家方成八十岁还能好好地骑车,他也一定可以。他很开心,说肯定没问题。

写到这里,想起若干年前还坐过雷达师兄开的车。那年,雷达师兄已经六十九岁,信心满满。其时我还不是合格司机,坐在车里,直打寒战。

兆寿问要编纪念文集,能不能写几句?往事一桩桩地飘来。

这是2018年的春天。悲痛记之。

读书与读人·刘琼

桃花源

题 记

桃花源原本只是文人如陶渊明的理想国。

徽州学府在山林中低调暗藏,除了安静读书,还有一层客观原因:可避战乱。

徽州历史上鲜有兵事,在晋末永嘉南渡、唐末安史之乱后大规模南迁和宋末靖康南渡这三次中国历史上的移民大潮中,徽州都是中原士民避难之所。徽州原本山高林密开发晚,随着移民不断迁入,主客通婚、融合,明清时期徽州六县人口总数已近三百万。在生产技术和生活条件相对落后的农耕时代,劳动力等于生产力,人口是最大的红利。明清人口激增,劳动力供给富裕,客观上推动了徽州社会经济的发展。

中国雄鸡形状的地图上，徽州地处黄山与天目山脉之间，居中原偏南，吴头楚尾，与浙西的金、衢、严三州唇齿相依，历代都是各种势力渗透江南的第一道门槛。在武力说话的政治版图绘制过程中，作为江南门槛的徽州理应战争频仍，但因为山道崎岖，出入皆依靠羊肠小路和蜿蜒河道，徽州以茂林修竹为天然屏障，除了太平军和湘军在其腹内打了十年拉锯战外，连凶残的侵华日军也只在昱岭关外兜兜转了几遭。当然，侵华日军一定不是想象的随意和孱弱，他们没有强攻徽州，还有两个客观原因和一个主观原因。原因之一是，当时国民党刘湘军队所属五个师两个旅约五万兵力，为保卫国民政府的大本营南京，长期据守在广德、泗安两地；广德失守后，二十五军团长潘文华带领余部退守宁国府，在旌德、石台、太平、青阳四县边上竖起了一道防线。原因之二是，1938年4月4日新四军总部由南昌迁至歙县岩寺，在皖南打起顽强的游击战。侵略者入侵的战略算盘当然要算边际成本，迅速拿下大中城市和发达地区是他们的首选。几相权衡，易守难攻的徽州被侵略者放弃了。

但是，曾国藩的湘军和洪秀全的太平军不怕游击战，他们在徽州地界进进退退、攻攻守守，拉锯拉了十数年，锯刃飞溅的火花烧伤了整个徽州地界。这是徽州历史上一场惨绝人寰的噩梦。太平军和湘军的这场拉锯战，战争的背景是，太平军广西举旗，迅速北上，定都南京后，图谋用武力清理和控制南京周边的江南一带。太平军攻城略地的战火烧红皖南，及至清政府慌忙调兵遣将，曾国藩的湘军和左宗棠部相继增援安徽、江苏、浙江一带并于1864年攻破南京，其时，战争已过十数年，原本富足的江南鱼米之乡，特别是久避世外的徽州，早已饿殍遍野、人肉可市，成为恐怖之所。根据文书记载，嘉庆二十四年（1819）到光绪三十年（1904）不足百年间，经历长期的战争杀戮、瘟疫、饥馑、流离之后的徽州，总人口从二百八十九万锐减到七十万，男丁不一二，人家无子息，惨景可想而知。一场战火烧毁了徽州积累了整整四个朝代的元气。蒸蒸日上的徽州，经此一役，开始走下坡路。这是徽之殇。20世纪80年代沿海改革开放大潮涌动，整个徽州几乎被甩到了社会运转的节奏之外，建设和发展再度处于停滞状态。有人说，这是徽州的又一殇。当然，这一殇，如今被解读为"后发展优势"。这是余话了。

文字的厉害在于真假莫辨。陶渊明在《桃花源记》里虚景实写，为世人创造了一个"土地平旷，屋舍俨然，有良田、美池、桑竹之属。阡陌交通，鸡犬相闻。其中往来种作，男女衣着，悉如外人。黄发垂髫，并怡然自乐"的世外桃源。"问今是何世，乃不知有汉，无论魏晋"，"世外"是外部形态，也是桃源的内在气质。陶渊明的这一桃源牧歌图景问世后，后世之人不断按图索骥，也有好事者曾试图把"桃花源"的名头加给泾县桃花潭，理由是自然物象和生活形态诸多相似。现在想来，桃花源原本只是文人如陶渊明的理想国，纵然世间有桃花源，一场战争来临，落英缤纷，满目疮痍，桃花源也会变成荆棘所。

连天战火跟前，长不出鲜美芳草。

晚霞消失的时候

题记

今天看来,这不过是一本简单的哲学小说,甚至可以说是一本纯净的成长小说。

中外古今,所谓禁书,能读不能读,若把时间拉长,都在变化。不熟悉的不说,我从前读得比较认真的一本小说《晚霞消失的时候》,直到上了大学中文系,读了当代文学史,才知道它居然是本手抄本小说——那时候它已经解禁了。

读禁书有时是一乐趣,特别是在不知情的前提下。这本书起初插在一堆杂书中立在书柜里,说起来可笑,之所以拿出来读,原因之一是书中女主角南珊的姓吸引了我。当时大概其知道有一位叫南怀瑾的老先生有学问，因此看到"南珊"这个名字，小说中还出现了一个外公，甚至还有一位长者，还在不断地谈宗教、谈哲学，于是一个劲地瞎琢磨这个小说与南怀瑾有没有关系，根本不知道这是虚构文学，跟非虚构是两码事。今天看来这当然可笑，但当时正是这种幼稚诱惑我读了进去。这是不是也反证了好小说的一种标准以及它对读者的影响？大凡写得好的小说，代入感强，普通读者往往很难把它与生活区别开来。

《晚霞消失的时候》是一本哲理小说，分春、夏、冬、秋四个章节，结构简单，写得非常安静，基本在探索生与死、存在与意义的关系，谈到耶和华，谈到禅，我想，大约是这些"封资修"的东西使其成为当年被禁的原因，准确的表达应该是，引起了很大的争议。今天看来，这不过是一本简单的哲学小说，甚至可以说是一本纯净的成长小说，很难想象它会产生什么负面后果。这么说也不对，应该说，它的一些观念至少对我还是产生了影响，起码在阅读趣味上留下了痕迹。包括后来读《第二次握手》，也为其中的思辨色彩着魔，便是一证。再推而广之，哪怕是读武侠文学，在很长一个时期，喜欢古龙甚于金庸，可能也是一证。金庸写铁肩道义也好，写书剑恩仇也好，对于价值的取舍判断，对于故事的结构想象，都还是在可控的日常伦理范围之内。古龙的神仙气就要多一些，神龙见首不见尾就算了，还常常没来由地消极或虚无。金庸老爷子九十二大寿时，网上有好事者撰文把老爷子和李嘉诚并称为"世事洞明皆学问"文、商两大代表。因为世事洞明，所以世俗人生完满，这是作者的观点。事实可能也是如此。古龙呢？古龙早于三十年前作了古。作古的原因是肝硬化，肝硬化的原因有人说是生活无规律、不节制。总而言之，古龙活得像他的小说，金庸也活得像他的小说。古龙、金庸是港台武侠文学两大宗师，还有一宗梁羽生远在他俩之下。

至于《晚霞消失的时候》的作者礼平，已于2008年在鲁迅文学院退休，今天知道其者大概很少了。这么一个热爱思辨的人，他的世俗人生会是怎样的呢？我很好奇。

互联网时代的知识

题记

"智识分子"不光要有专门和具体的知识,要有新旧和跨界知识,还必须有整合知识的能力。

我是九斤老太,万事恋旧,但在写作这件事上,则为互联网的出现点一万个赞。

二十出头的时候,因为一场车祸,我得了脑震荡,记忆力自此严重衰退,后虽有所恢复,但自信已然衰减了。好记性不如烂笔头,因这一方法,我曾经积累了一大摞笔记本包括纸头,但问题是,再勤快的笔头能够记下的信息也有限,若干岁月过去,发黄的纸片上记录的文字基本都成了散碎的意象,成了天书。这些笔记本留着似乎无用，整理屋子还舍不得扔，像鸡肋。

互联网的出现，改变了阅读方式和出版方式，也改变了我的写作方式。当然，我说的写作方式的改变，不单指由手写到电脑写的工具性改变——这种改变的好处早已说尽；而是指对于我这个记忆力奇差的人，有了互联网作为信息库，许多模棱两可的知识有了查找依据，写作的热情开始复苏，效率也高起来。比如，过去为查找某个年代或者某个人名，往往花费很多时间——这还建立在资料收藏丰富的前提下。查找资料是互联网的强项，有了互联网，输入关键词，鼠标一点，就基本解决问题了。互联网刚出现时，被诟病的一个主要问题是信息芜杂、容易失真，这个问题现在也基本解决了。经过充分发展，网络技术和网络内容已经"自清门户"，网络搜索不仅链接丰富，而且权威网站信源可考。在这个意义上，互联网于我，简直是救星。

便利、开放和平等的互联网时代，作家和学问家应该"乌泱乌泱"地出现才是。网络作家倒是"乌泱乌泱"地出现了，因为有想象力和语言重组能力，又有发表平台，就能发表作品成为作家；学问家倒未必如此。

怎么成为学问家？互联网时代，阅读便捷，信息丰富，具体的知识掌握相对容易。从知识积累和经验积累的角度，人们的知识总量大了起来。一次坐出租车，司机的最高学历是高一，但聊起西北民间文学的分类、分布，既具体又准确，用语也文雅，令我肃然起敬。这说明随着互联网的兴起，整个社会的知识水平在提高。但知识渊博，不一定就是学问家。有人提出"知识分子"和"智识分子"的区别，我赞成。"智识分子"是更加"复杂"的知识分子。"智识分子"不光要有专门和具体的知识，要有新旧和跨界知识，还必须有整合知识的能力，说白了，就是思想能力，即能够利用现有知识体系重构新的知识体系的能力。具有这种种能力之后，这个"智识分子"就距离学问家不远了。

成为学问家，仅仅依靠网络信息显然不够。不仅不够，可能还得警惕对网络的依赖性。网络信息的生动性和当下性虽然可以丰富认识，但时光和视野如果延宕在碎片中，思想的来源琐屑，思想的成果也会缺乏透彻感和整体性。因此，一个学问家，会经常性地主动与网络保持距离。

维也纳、墓地和美

题 记

　　实用不是考量的因素，视觉和心灵的感受才是目的。

　　欧洲大陆的许多城市繁华中透着宁静，有一种文明沉淀后摄魂夺魄的美。音乐之都维也纳尤甚。

　　2001年年初，因为跟踪报道中国广播交响乐团在维也纳音乐协会金色大厅的演出盛况，我在维也纳待了三天。时间短，日程紧，但我还是在享受金色大厅的辉煌与优雅之余，欣赏了莫扎特的半身雕像，见识了地铁站里空旷的踏实，还有深夜街头酒吧门前朋克男女夸张的鼻饰与放肆的尖叫。当正午的阳光煦暖地照在

阳光麦田
美丽乡村助读书系

缓缓流淌的莱茵河水上，远处大教堂的钟声在空中荡漾起来。在广场上懒洋洋觅食的白鸽们，温柔而熟稔地逗留在游客欣喜的手掌上。相熟和不相熟的人从街上走来，脸上都流露出单纯的快乐。我趴在潮湿的草地上，给远处的尖顶教堂取景，古老的文明在镜头里远远近近地定格——这个瞬间，我有一种被融化的感觉。没有走马观花的匆忙，没有似曾相识的疲劳，每一刻都是那么深刻而细致，个性鲜明淋漓。

说来也怪，最让我难忘的，竟然还是城边那尽人皆知的墓地。

墓地出名，是因为音乐奇才海顿、莫扎特和大小施特劳斯都将显赫与神圣、天才和奇迹永藏在此——而权倾一时的达官贵人当然更是不计其数，但世人的眼光，显然早已不再注视着那些曾经被权力和金钱包装的姓名。

没有寻常公墓的森冷，更没有乱坟岗头的荒芜，时近黄昏，三三两两地，人们还在墓地间徜徉，流连，辨读碑文，遥想生死的历程。一大捧鲜花被认真地放置在墓前，碑刻简洁，没有精致的洛可可花饰，见出死者生前朴素低调的生活姿态。献花的是位老者，从他的眼里我读到了释然与平和。周围最多的是像我这样匆匆而过的观光客，在唏嘘中感叹，在好奇中贪图沉静还有建筑无所不在的美。我在墓间行走，用心地阅读，耳边传来的是哈布斯堡王朝激荡变化的足音，看到的是由对称和谐走向简约的美学理念的嬗变。长着翅膀的是纯洁的安琪儿，侧卧在安琪儿下面的裸女姿态性感而略显挑逗，让生性害羞的人脸红，却不觉得淫秽。路边一个墓碑煞是张扬，修饰繁杂不说，碑文数百字，极尽吹捧之能事，当然，这只是一个名不见经传的官僚至死不能免俗的记录。在其死后，耻笑之声不绝于世，这大概也是这位短见的小官僚不曾预见的。他的无知，让我想起了在古城西安与咸阳之间第一次见到女皇帝武则天墓碑时身心的极大震撼。那墓园本身没有什么，像所有那个时代的皇陵那样威严阔大冷冰冰，墓前傲然站立的无字碑却是惊世骇俗，昭示着常人难以企及的睿智和明达。功过后人说，古今中外同此理。

　　因为生者无法忘却的向往，墓地成了伤时感怀之地，一天比一天热闹，在岁月中传播和永存。其实，钩沉不再是意义，指缝间讲究的纹饰、浮雕头像，倒让我仿佛触摸到美的纯粹和无所希求。纯粹中见真实，绚烂后贵冲淡，实用不是考量的因素，视觉

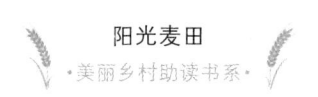

和心灵的感受才是目的。也许，再没有什么比墓地建筑更加具有终极意义的美了！

　　悠悠历史穿梭而过，无数人的一生、人生无数的故事沉睡了，安静地沉睡了。一片张扬个性和承载人文历史的墓园，在优雅的欧陆风情中，挽留住无数异乡人的脚步，包括我。

为了更有意味的人生

题 记

> 文学形象生动，善于用富有想象力的细节和富有感染力的形象，再现和表现对于这个世界的了解、理解。

"文学和人生"，是个经典的话题。经典在于，不仅是个经得起言说的老话题，又是个开放包容、不拘一格、常说常新的话题；既可以包含理论和逻辑，又可以很感性。每个言说者都可以结合自己的人生、阅历、体会来谈论和探讨，是个可以常谈常新的话题。

我看到这个题目后，也确实认真地在思考这个问题。我在想，文学和我的人生到底有什么关系？

首先，这个关系，是看得见的关系，比如我从事文学创作，我写文艺评论，我在文学界也可能被大家称为作家或评论家。再或者说，我从事文艺副刊编辑工作，我每天跟这个行业打交道。这些都还是客观的看得见的物质层面的关系。这是生存意义上或者是职业上的关系。有人是老师，有人在机关事业单位工作，大家的职业未必像我这样，一定是从事跟文学有关的工作。但我们都热爱文学，热爱写作，热爱阅读，热爱文字。我们对文学感兴趣，这就是我们的共性。

为什么我们喜欢文学？因为文学与我们的人生存在看不见的执着的关系。

过去，寒冷冬天，人们不便外出，或者室外娱乐活动不好开展，我们最通常的活动是什么？过去我们叫围炉夜话，交谈、聊天，聊见闻，聊生活，聊着聊着，就聊出了《十日谈》《天方夜谭》，聊出了各种话本、传奇，聊出了张岱的《夜航船》，聊出了各种各样的文学。聊天，就是一种最好的交流和讲述，讲故事、讲志怪、讲传奇，讲对未知的地方和事物的好奇。

在所有的古老文学中，比如我们过去看到和听到的民间故事中，开头通常都是："很久很久以前，在遥远的东方，有一个公主……"

现在的冬天，三五成群，除了掼蛋、聊天、喝茶，在网上看短视频、聊天，还会看网络文学、朗诵诗歌、写文章，等等，一方面满足我们对于未知和远方的好奇，另一方面满足我们的表达、记录和分享的愿望。

古老的社会，口头文学更繁荣和发达；现代社会，我们用文字来表达，书面化语言产生了。这就是文学产生和发展的基本历程。从发生学的角度来认识文学跟人类的关系，我们或许就能理解我们为什么会对文学感兴趣。文学对我们的人生有影响吗？有什么影响？

文学包罗万象。经验教育里包括知识教育、历史教育、政治教育、情感教育等。文学形象生动，善于用富有想象力的细节和富有感染力的形象，再现和表现对于这个世界的了解、理解。

文学不是人生的必需品，但文学使人生有色彩。人生的底色很丰富时，文学的色彩可能没那么突出；人生贫瘠时，文学的色彩就有了意义。任何一种形式的文学,都是人生的开拓。

阅读习惯的养成,知识逐渐受到尊重,知识分子地位逐渐提高,是改革开放四十多年来中国社会发生巨大变化的重要内因之一。以我自己为例,我对文学感兴趣,起初是因为上大学读中文系。20世纪80年代,大学里最明显的特点是大家都沉浸在阅读气氛里,对知识如饥似渴。图书馆占位,校园里摆书摊,这些都极其日常。极少数学生才每天无所事事、浑浑噩噩。互联网的兴起,改变了很多,阅读习惯改变是其中之一。2023年图书零售市场严重不景气,除了经济下滑、老百姓购买力下降的原因,阅读习惯改变也是重要原因之一。有人说,这是一个信号,人们不读书了。是这样吗?我不相信,也不这么认为。如果真是这样,非常可怕,需要警醒和反思。

纸质出版与电子出版并行后,纸质图书零售市场销量逐渐下滑,这是互联网时代的一个大趋势。信息来源和渠道变了。电子阅读,或者短视频兴起,长时间的文字阅读有所减少,但阅读并没有就此停止,阅读以另一些方式存在。在各种信息平台、各种客户端里,文章以更加简短、灵动、鲜活的方式存在,传播面更宽，速度更快。特别是手机被广泛拥有，拇指阅读兴起，点对点的传播也好，信息平台的多样化推送也好，阅读时间更多，方式更灵活，成本也更低。

阅读不会停止，开卷有益。为什么说开卷有益？

生而有涯，生命本身有长度限制，也有宽度和厚度局限。"读万卷书，行万里路"说的是从生命的宽度和厚度的角度，行走或游历对于丰富生命的意义。人的一生，许许多多的经验是靠自身经历获得或者悟到，但许许多多的经验也是以间接经验和学习获得。人生有限，阅读，是学习间接经验的有效方式。所以说，开卷有益，读什么书都不会白读。读一本好书，如同与一位哲人对话。即便是读一本"烂书"，也会让你知道世界的多样性和复杂性，对好和坏有了解和鉴别。就好比吃饭，吃过咸的，才知道甜是什么滋味。有时候做菜，放一点盐，会激出甜味。

阅读的内容和目的多种多样。人们追剧、看电影，看的是人物形象，看的是故事，看的是影视剧的文学性。在阅读中，人们读得最多的，是文学。读文学，读的是别样的人生，读的是一种活法和经历。

一、文学是苦难人生的糖

《朗读者》是一部由史蒂芬·戴德利执导的德国电影,改编自本哈德·施林克的同名小说。2008年上映,有着深刻的主题和动人的情感。

在这部电影里,书籍和阅读被赋予深刻的象征意义。他们代表着知识、智慧和文化。阅读和朗读的场景,表现了文字和语言的力量与影响。文学作为一种传递和交流的方式,能够触动人们的心灵,改变人们的思想和行为。电影中,汉娜被文学的美和力量深深吸引,改变了对世界、对自己的看法。被书籍和文学沐浴的灵魂,即便是在特别艰难、不堪的环境下,依然是快乐的、有指望的。这是电影《朗读者》的文学和人生。

二、文学是平淡人生的盐、有限人生的丰富,是意义

这是我们这个时代真实的文学和人生。北京朝阳和通州交界

的地方，有个皮村。这里出了一位作家叫范雨素。"范雨素，生于1973年，湖北襄阳人，中国作家协会会员，在北京做家政工。"1993年到北京打工。2017年4月，注册微信公众号《我是范雨素》。2022年加入中国作家协会。2023年出版自传体小说《久别重逢》，12月获《四川日报》川观文学奖非虚构奖。

2023年，范雨素依然居住在皮村十多平方米的出租屋，边打零工，边写文章。"我每天做保洁三四个小时。挣得不多，花得也不多——除了交房租、孩子的生活费，一个月花销两三千元就够了。渴望挣大钱、有焦虑症的人，是过不惯我这种低欲望的日子的。"

同样来自湖北的作家王十月，现在是《作品》的负责人，也是打工作家出身。"对我写作影响最大的，目前来说，一是童年经历，二是在城市漂泊的经历。童年生活主要塑造的是我的性格。我童年体弱多病，性格中纤细、软弱、敏感、富有同情心和对弱者的怜悯，都来自童年。而刚正不阿、总想挑战权威与不合理规则的一面，则多是城市漂泊生活锻炼出来的。这二者的冲突与矛盾，培植了我作为作家的眼光与立场。"

诗人郑小琼在广东东莞一个五金工厂打工，编号是245，每天下班后，她会趴在铁架床上写自己想说的话。那些长长短短的文字便是她在孤寂生活里的温暖和寄托。最后，她成为作家，在《作品》担任编辑。这位流水线上的女工，被称为"第三代打工作家"。

诗人余秀华是湖北钟祥横店村人，1976年出生。她是一位脑瘫患者，2009年开始正式写诗，写爱情、亲情以及生活感悟。她的诗集《摇摇晃晃的人间》已印刷10万册。

文学，改变了他们的具体的人生。

三、文学是有涯人生的滋味

我们许多人的人生并没有因为文学而改变，但我们还是喜欢文学，还会读小说、写诗歌。

是真的没有改变吗？腹有诗书气自华。人们常说，相由心生。心从何而来？从阅历。这个阅历，由"阅"和"历"组成。从阅读的角度是这样。从写作者的角度，也是这样。

作家贾平凹在《河山传》的后记里写道:"写作着,我是尊贵的,蓬勃的,可以祈祷天赐,真的得以神授,那文思如草在疯长,莺在闲飞。不写作,我就是卑微、胆怯、慌乱,烦恼多多,无所适从。我曾经学习躲闪,学习回避,学习以茶障世,但终未学会,到头来还是去写作。这就是我写作和一部作品能接着一部作品地写作的秘密。""藏污纳垢的土地上,鸡往后刨,猪往前拱,一切生命,经过后,都是垃圾,文学使现实进入了历史,它更真实而有了意义。"

无论是大作家,还是小读者,文学都让我们的生活有了更多的意味,更具有意义了。

阳光麦田
·美丽乡村助读书系·

文人痴梦

题 记

离乡的日子,诗歌是最长情的表白。

通往查济的路上,有一个千古文人痴绝梦。

每个人的心中都有不能实现的梦,这种欠缺感在当时是痛楚,在事后便觉出美感,比如汤显祖。

生在四百多年前一个江西小城,却被我们念念不忘,从"扬名""立万"的角度,汤大师倘若地下有灵,该是何等满足!但汤显祖生前怀有不能为常人道的若干不满足,所以写出"临川四梦"。从这"四梦",淘气的今人又繁衍出若干逸事野史。若无逸事,做人还有何意趣?好吧,且不说野史,说说正史。四百多年前，汤显祖僻居临川一隅，面对窗外"柳色青青""花光灼灼"，挥笔写下无缘痴绝的徽州梦，不料想竟成为后人关于徽州书写和徽州向往的诗歌符号。"欲识金银气，多从黄白游。一生痴绝处，无梦到徽州。"临川距离徽州不足600公里，虽需车马劳顿，何以竟不能往？好事者望文生义，推说汤显祖潦倒一生，临终恨恨不绝，因无"黄白"做旅资，所以不能踏足徽州。这样的解文是典型的不学无术。汤显祖何以不能至徽州，今人虽无法知悉，但至少可以肯定一点，即用赋、比、兴抒情表意，乃诗歌本事，也是诗人的本能。作为诗人的汤显祖写这首诗时，显然沿用了一贯的浪漫主义写作技法，先从"黄（黄山）白（齐云山）游"起兴，到"无梦到徽州"递进铺陈，用"梦"这个汤式典型意象，书写对美好事物的极度向往之情。此处，这个极度向往之美好事物，便是水墨徽州。

不同的文化地图上，徽州都会成为一种向往，起初只是水墨江山，后来是民居建筑、雕塑艺术、文房四宝等。徽州的好，是无法忘却的好。生在徽州知道它本来就好，客经徽州看到它出人意料的好。

清康熙六年（1667），江南省正式撤销，被分为安徽、江苏两省。安徽因其江北有安庆,江南有徽州,取两地之首字而称安徽。我从小生活的芜湖夹在安庆、宣州与徽州中间,在气象预报里,它的地理位置是沿江江南。小的时候,常站在江边看扯着风帆的货运船压得低低地从青弋江驶进长江,船上堆着簇青的毛竹和山笋,从山里来的船老大说的话一句也听不懂,山里便成为心中许多疑问集中之地。这个"山里",便是汤显祖心心向往的徽州。

山环水绕的徽州固然长路崎岖,却非生在深山人不知。

早在唐宋两朝,徽州的美名随着文人墨客诗文的传播不胫而走。诗文传播最得力者,应数平生最喜欢游山玩水又懂表达的李白李青莲。有人依据《李白全集编年注释》考证出,李白现存的一千首左右的诗歌中有两百多首写于诗人盘桓安徽时期。从二十多岁"仗剑去国,辞亲远游",江行初经安徽,到六十多岁至安徽南陵投亲,因"此间乐,不思蜀",最终埋骨当涂青山,李白一生游历安徽十余次,先后到过皖北、皖中、皖西和皖南,涉及亳州、和州、庐州、宣州和歙州五州,尤以宣州为甚,当时宣州所属诸县均留下诗人流连忘返的足迹。今天从青山太白墓驱车,不到一小时,即到达"碧水东流至此回"的开阔楚江。再驱车两小时,是"相看两不厌,唯有敬亭山"的敬亭山。从敬亭山出发,半小时车程到桃花潭……水墨江山,显然激发了诗人的滔滔诗情。书生人情一张纸,层层叠叠的诗句冠以李白的诗名,从盛唐流传到南宋、明清乃至今日——南宋以后,兼有徽商不遗余力的人际传播,徽州成为天下人的痴绝梦。

徽州人对于生为徽州人,有着异乎寻常的自觉,徽州让徽州人"与有荣焉",只念"生死相共"。至于在江西、安徽两省之间几番进出的婺源,近一百年来不断地发起"返徽"运动,便是例证。蒋介石政府于1934年将徽州的婺源划入江西,后因婺源民众不断发起"返徽"运动及同乡胡适等人奔走努力,又于抗战胜利后的1947年将其重新划回徽州。但仅仅两年后,中华人民共和国成立,又将婺源划入江西。半个多世纪过去了,今天的婺源人还称自己是安徽人、徽州人。可悲叹的是,从1987年开始,叫了近九百年的徽州改名黄山,20世纪90年代,陶行知的夫人吴树琴致信《人民日报》,强烈呼吁恢复徽州古地名,为徽州正名的队伍在不断地扩大。

面对这样的坚持,不知为什么,我又想到了徽州驴。

查济在徽州的隔壁。从查济回来的路上,一定要在万安停下来。罗盘博物馆不一定要看，老街已经破落凋敝、黄花萎地，没什么可逛。沿着老街，到横江岸边的码头走走。新安江发源休宁，横江是新安江在休宁的名字，由歙县街口镇流入浙江淳安境内，至建德梅城镇与兰江汇合始称桐江，至桐庐镇与分水江汇合始称富春江，富春江流至闻家川与浦阳江汇合，方称钱塘江，也即浙江。"小小休宁城，大大万安街"，徽商从万安码头开始沿江东下，离乡背井。

文学不是可有可无的，离乡的日子，诗歌是最长情的表白。李白的诗歌固然令人浮想不已，但毕竟是客居和游历的心境，少了些植入血液的深情，还是岑参这句"故园东望路漫漫，双袖龙钟泪不干"让游子涕泪滂沱。但我背得最熟的是祖父最爱的"忠厚传家久，诗书继世长"，皖南人家会把它挂在客厅的中堂。它是根上的记忆。

至于徽州，前称新安郡、歙州，历史上曾属浙江西道，宋宣和三年（1121）朝廷平方腊起义后将歙州改为徽州。徽州是新安江水系之源，原辖歙、黟、休宁、绩溪、祁门、婺源六县，绩溪今属安徽宣城，婺源今属江西上饶。

印象付秀莹

题记

这是大气，懂得尊重，也有自信，在意本心和缘分。

早在去年之前，我应该见过付秀莹两次。

一次，也是最早，起码十年前了，完全不记得当时谁做的东，反正围着一张巨大的餐桌，一屋子都不怎么熟悉的人。远远地，隔着各种杯盘，付秀莹坐在那里，很少说话。虽然也没觉得怎么美，但"秀莹"这个名字以及叫这个名字的那个姑娘身上的小小的傲气，让我记住了。"秀莹"是两个很好的汉字，不知为何，立刻让我想到《红楼梦》里"英莲"这两个字。但如今的姑娘更乐

阳光麦田

美丽乡村助读书系

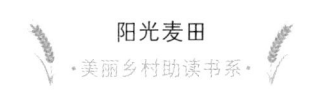

意叫安娜、罗斯或者蔓蔓、莎莎,即便爹妈给取了秀莹、英莲,到了成年也一定想方设法改掉。写作的人比较便利,换个笔名,就可以变得很洋气。坐在远处的这个叫付秀莹的姑娘看来比较有定力。

几年后的第二次见面,竟是另一番光景。那天,秀莹来得稍晚,穿着一件非常雅致的长裙,施施然。因为迟到,跟所有人都点头示意,很周到。席间,话还是不多,似乎始终浅笑盈盈。这一次,对她的美记得清清楚楚。其时,刚在《小说选刊》上看完她的短篇《爱情到处流传》,见到写作者,难免多打量两眼,心想,爱情在这个姑娘身上也到处流传吧?这些都是心理活动。一句话也没交流,完全是陌生人的打量。

秀莹一定不记得这两次见面了。去年冬天,因为一件事,突然接到秀莹的微信申请。秀莹说太冒昧了,一次也没见过。我心里就恶作剧了一下,"嗯嗯,找时间见"。

有意思的是,那之后,各种正式非正式场合就不断地见面了。醒龙兄在武汉主持《芳草》杂志,办了个中国文坛独一份的女评委奖。女评委奖有专业评奖的标准,又有雅集氛围,来的嘉宾很多，前后来了文学界许多腕儿。女评委相对固定，从第一届至今，我都忝列其中，眼见着一拨拨获奖者走马灯般地走过，内心很多感慨和比较。第五届也就是去年评选，秀莹因为这几年作品颇受关注，获奖在意料之中。颁奖仪式在酒店里一个狭小的会议厅举行，场面却很正式，每个获奖者接受证书时都要发表感言。说得都很诚恳，但秀莹还是最令我意外。衣装也是信息，在很多人已经不太讲究衣装礼仪的情况下，秀莹穿得一丝不苟，受主持人调遣，大眼睛里满是虔敬。这是我特别喜欢的一种气质：做事认真，做人认真。阅历多了，会让许多人变得滑溜溜甚至冷漠——当然也有人天性就趋向滑溜溜和冷漠，认真和诚恳的人会让人倍加珍惜。秀莹这种"我见犹怜"的气质不完全是因为美貌，也不完全是林黛玉式的以柔取胜，而是史湘云一路明澈动人。

与秀莹交往多了，对秀莹的天真、自爱和聪明就会有体验。秀莹是美的，但更是暖的、健康的，她甚至是可以一起仗剑御敌的朋友。任大义者去小私，这种气质表现在女子身上殊为可贵。秀莹原籍河北无极，燕赵大地慷慨悲歌气质隐伏其身。从古至今，我们的文化对豪侠之气都褒崇有加，从"风萧萧兮易水寒，壮士一去兮不复还"到"八百冷娃投黄河",等等,听来和读来都令人荡气回肠。侠义等于担当和大义,它让人看到了精神上的光。有侠义者有真性情,无真情者不可交。一个作家若无真情,肯定不会成为一个大作家。付秀莹的《陌上》里几个女性比如香罗、望日莲,身上多多少少都有一点豪侠之气,她们的毁灭因此让人难忘。

交往中的秀莹干干脆脆,不拖泥带水,是能为朋友拔刀相助的女性。清明节前夕,我任职的报纸临时决定刊发一组与清明怀思有关的文学作品。于是向秀莹约稿。临时,又是命题作文,其时适逢《陌上》宣发紧要时期,秀莹如果拒绝,我一点也不会在意。但秀莹不打磕巴,痛快地答应,三两天就写来《人生看得几清明》,一篇让人咀嚼生香的美文,版面因此增色许多。在编辑的交友名单中,写得好又守时的作者自然是上宾。

当然,我最欣赏的是付秀莹的才华,让人猝不及防。《陌上》出版后我写了篇评论,发在陆梅主编的《文学报》上。《十月》在北大举办《陌上》研讨会,我以《付秀莹的狠》为题作简短的发言,后来同名文章在叶炜主编的《雨花·中国作家研究》上刊发。

前不久文艺报社举办"砥砺五年——小说创作研讨会",不少人发言谈到《陌上》,我也谈到《陌上》的好处。因为这些文章和发言态度比较明确,也不止一次有人私下问我关于《陌上》的真实感受。说实话,我的原则是凡说出口的都是真实看法。《文学报》刊发的那篇文章标题是"陌上芳村,关于付秀莹和《陌上》",最后一句写道:"写到这里,似乎不需要为这部作品作什么画蛇添足的结论。现实主义也好,批判现实主义也好,抑或表现主义也好,都不重要,重要的是,2016年小说创作研究,谁能够绕过《陌上》?一个作家要为他生活的时代负责。或许今后很长一段时间,我们都不会忘记付秀莹和《陌上》。"好的作品和好品质是不会被遮挡的。今天,我还坚持这么认为。

秀莹比我小七八岁,我看不见她的小,老气、世故也似乎与她不搭。秀莹聪明、懂事、体贴,做事不强人所难,比如秀莹担任主编的《长篇小说选刊》开笔会,你写或不写,写长写短,似乎都没有严格要求。秀莹自己的作品开研讨会,参会者写不写文章,批评或表扬,似乎也没有压力。这是大气,懂得尊重,也有自信,在意本心和缘分。但事实上,秀莹的作品每每都会发出点声响。于是也有玩笑说,因为秀莹是美女,很多人愿意帮她。长得好看又能写一点文章的人容易傲娇或撒娇,我还真不曾见过秀莹有这些情态。秀莹作为一个作家,靠作品说话。

秀莹的美好甚至是纯朴和简单的美好,交往愈多,这种感受愈发明显。秀莹的心中最重要的事大概就是写作。对于人际关系,她不太花时间去经营。所以,从在石家庄的中学教书到赴北京语言大学读研到在《国土资源》报社编副刊到入职《小说选刊》《长篇小说选刊》编辑部,秀莹的经历看起来不断变化,其实还是简单,教书、读书、编辑、写作,总归离不开书和笔。因为这层书卷关系,与许多从文化底层冲杀出来的女性作家相比,秀莹在做人上要矜持和自爱得多,写作也是有承传功底的写作。比如,《陌上》出来后,许多评论认为这部长篇小说深得中国古典小说《红楼梦》和《金瓶梅》的真传,便是一证。秀莹自己关于《陌上》写的创作谈也看到了,深受启发。这也是为什么前些年任《人民日报》文艺理论评论室主编时,我特别看重受过良好教育的作家写的评论的原因。他们深刻、有说服力,更接近创作。

我跟秀莹应该算是闺密,碰面时可以一起逛街、谈私房话,但平常联络并不频繁。时间对于一个写作者来说永远是宝贵的。我期待更多地从文字里看到秀莹，看到她挺身拔剑。秀莹正值盛年，风华势可张大。

2018年1月末

向丹麦人学习什么？

题记

这是价值观的失落，是历史虚无主义的变形。

2005年是安徒生二百周年诞辰。据报道，丹麦官方将用一年的时间来纪念这位世界文化名人与童话大师。随着纪念活动的不断丰富，纪念高潮层出不穷，2005年被称为"安徒生年"，已不是丹麦人自作多情的预言。

一生书写善良、诗意的丹麦作家安徒生，被世界各地共同怀念着，这一事实尤其让人感动。

中国作为安徒生纪念活动的主要舞台，三十多项庆典活动已陆续展开——安徒生童话的各种版本为今年图书市场的重头戏，安徒生童话被搬上话剧舞台，电视节目有安徒生专题，媒体有安徒生童话价值的谈论。当童话成为这个年度的话题主角，除了书商、演出商得到演练之外，经久不衰的安徒生，也让我们体会到了一种尴尬。

我们经常感慨生活改造了价值观，心灵被现实蒙上了油烟，诗意是幼稚的童话。但幼稚的童话不仅成就了一代大师安徒生，创造了经典，而且塑造了人类潜在的人格。应当感谢丹麦这个美丽的国度，它不仅在二百年前给"现代童话之父"提供了丰富的营养母液，而且在二百年后的今天，它对一个作家仍抱有无上的尊重和敬畏，满足了人类关于文学的现实理想。

二百年来，安徒生已经令丹麦得到足够的注目。站在丹麦的门槛外，世人无不向往这美人鱼和丑小鸭的故乡。与此同时，安徒生在丹麦享受了至高的荣誉。"诗人在远方是伟大的诗人，诗人如果是你的邻居，他就是笑话。"人们常说的这句谚语，在丹麦不适用。创造诗意的安徒生，作为丹麦王冠上最亮的那颗明珠，是丹麦民族荣誉的象征。

于是，就有聪明的人开始设想，安徒生如果生在中国，二百年后的今天会受到什么样的待遇？还有人极富想象力地把鲁迅拉出来与安徒生作比。比较文学研究领域的成果不是关注目标，我们感兴趣的是，类似疑问为什么会产生？

因为气度，出身寒微的童话作家，才不会在二百年后被耻于登上"大雅"之堂；因为有荣誉感，安徒生的光泽，才会掠过漫漫岁月，依然一尘不染；因为对历史怀抱敬畏，丹麦获得了"使用价值"，丹麦也受到世人的普遍尊重。经久不衰的安徒生，不仅是一个人的荣誉，也是一个国家的荣誉。

我们为什么感到尴尬？作为千年古国的子民，无数彪炳史册的名字从眼前交替掠过。这些中华民族的脊梁，应该是民族价值判断的标准，是民族历史的创造主体，是可资仰望的高山，更是薪火相传的血脉。然而，曾几何时，鲁迅被摹画成刻薄小人，曹雪芹被散布在酗酒狎妓中荒唐度日，荆轲被评价无非一介武夫……消费经典，戏说历史，痛击"脊梁"，有人竟说这是研究方法的创新，实际上，这是价值观的失落，是历史虚无主义的变形。

没有历史的民族是无根之族，纵有历史却不尊重历史的民族是无望之族。一个民族只有对历史献上必要和足够的尊重，只有通过有形和无形遗产的合理传播，民族的价值才能在世界民族之林中得到认同，民族才有安身立命的根基。

当代中国，在世界舞台的声音越来越响，除了因为综合国力日渐强大之外，历史和文化是最经得起推敲的资本。与物质财富不同，它是我们民族独有的、不竭的资源。但这样的资本需要承继，资本的价值需要传播。我们纪念安徒生，从中应当学习丹麦人对民族文化遗产的敬畏姿态。

向努力站立的你致敬

题 记

> 你的坚持和努力,包括你的开朗和懂事,让我由衷地钦佩。

蒋萌,许多年前,大约是2005年,我也像你今天这般年纪,也像你在书中写到的童年的好朋友一样,从学校到单位,然后结婚、生子,看起来顺顺当当。这天下午,我接到单位交办的一项特殊任务,知道了你的名字。什么特殊任务?就是你们家被推选为全国五好家庭,我负责写推荐材料。

黄昏,你爸爸把各种材料包括当时一些报纸比如《京华时报》采写的文章摊在他的办公桌上,一件一件地讲给我听,讲到紧要处，会停下来，然后慢慢地说："小刘琼，你不知道……"这是你爸爸的口头禅，我们老文艺部的人都知道。他喜欢说"小童古"，说"常莉小姐"，是重庆北碚人的俏皮尾音；他偶尔还喜欢谈论股市，谈论电脑的各种用法；他个儿不高，但开朗，走路有劲儿，接受新东西很快，通通达达的一个人。"真像个四川人"，我有时候想，那时候四川和重庆还没有分家。

我至今清晰地记得讲完你的故事后你爸爸的平静，以及我的震惊。走出你爸爸的办公室，站在编辑部的大平台上，看着许多台安静的机器，几个老编辑还埋首其中，我记得我有点恍惚，想，这人世间真是旦夕祸福至。

从那时起，到现在，又过去了若干年，我仍然过着一种相对简单的人生，也是通常的人生，不能说幸福、也不能说不幸的人生。晚上有时会在报社大院里散散步，偶尔，也会远远地看见一辆轮椅车。我的眼神不好，特别是在夜间，但我知道一定是你。在这个院子里，只有你，会自己坐着轮椅车出来散步。

你爸爸说，自己坐轮椅车出来，是你的需要。你要散散心，呼吸呼吸外面的空气，你要一个人静静地看看、想想。你在建立

阳光麦田
·美丽乡村助读书系·

和感受自己与这个世界的联系。写到这里，我突然想，一个人跟这个世界的联系可真脆弱，腿坏了，被限制在家里，走不出去，与世界的联系可能就断裂了。比如你，当初从上海做完手术坐上轮椅时，才十四周岁，虎头虎脑的一个男孩，如果不自学英语，不自学电脑，不自学写作，对外界没有任何了解，对外界没有任何反应，跟外界没有任何联系，今天的你一定不是现在这种状态。你一定不会像现在这样大量地读书，大量地写作，大量地思考，最重要的，你不会像现在这样对人、对事都很关注，会评论，会介入，会交流，会充满感情。从你写下的这些文字，我惊讶地看到了文笔的老到、创作的才思，但其实我最惊讶的是看到了你的文字里满是赤子之真、赤子之情。它们可真是干净，对童年，对亲人，对朋友，对老师，甚至对人生的苦难，都是干干净净的，不曾蒙尘。是的，你也没有机会"蒙尘"，但我想这更多是精神的教养。你记录下的这些人和事是如此具体细致，甚至让人怀疑，一个孩子的记忆怎么容得下这么多细节！怎么不可能？上天为你关闭一扇门的时候，一定会为你打开一扇窗。文字，互联网，把你从轮椅上拯救出来，用你的话说，你开始"向死而生"。

你的文字里充满各种情趣，我特别喜欢。别人对你的各种情义和好，你都铭记在心，文字里你并不抒情，只是真实地记录，包括自己的感受，甚至可以看到遗传自你父亲的幽默。这是你与外界联系的方式，也是让你检视自己的方式，非常好！你的这种精神上的努力站立，竟然让我想起了一部著名的好莱坞影片《我的左脚》。电影改编自爱尔兰作家克里斯蒂·布朗的真实经历。克里斯蒂·布朗因小儿麻痹症全身瘫痪，却依靠唯一可以活动的左脚成为画家和诗人。这部电影和这个故事你一定也看过，但他在远方、在过去，你在我们的身边。你的坚持和努力，包括你的开朗和懂事，让我由衷地钦佩。

到这人世走一遭，有谁会完全不碰到各种不幸？这句话我可以拿来安慰你，但我想，你不需要，因为我不是你。你的所有的不幸都要靠你自己、靠你父亲、靠你母亲来扛。而且，某种角度，正是因为有这样的父母，才有了今天在精神上努力站立的你。我当然要向他们致敬，但我更想向你致敬。说一千道一万，所有外界的鼓励、赞美包括你不需要的同情，都是简单的、可操作的，都不能代替你所经受的一丁点儿痛苦。所有的痛苦，身体的和精神的，最终还是要靠你自己去承受。正像你的人生，刚起步不久，刚看到跑道，就被甩出了常轨，但人生之路还是要走完，怎么走完，最终还是要靠你自己。

但是，外界，就是我们，会交流很多信息，作为支撑。比如说，我将告诉你，在你这本《风雨萌芽路》里，我看到了一个才华横溢的真实的蒋萌。

夜色里，你的轮椅车从我的身边经过。我还是没有去跟你打招呼。你不知道，我其实有社交恐惧症，我也喜欢宅着，自给自足。像你我这种人，心意都在心里，故事都在脑子里，我们可以用笔和键盘去走路、去说话、去寻找。老天造人，还真是蛮讲究哩。

我比你大十岁，你爸爸让我给你的书写一点东西，我就脸红了。但我是由衷地欣赏你，敬佩你。我把你的故事讲给我的孩子听，他今年十四岁，是你开始坐轮椅的那个年纪。我说："哪天带你去认识这位不平常的叔叔。"

写作的训练

题记

技巧训练，解决的就是文本转化的问题，也即最终要落实的问题。

平心而论，今天的文学批评队伍要比今天的文学创作队伍整齐、活跃得多——这句话说出来作家们也许会不屑，但我还是要这么说。诚然，当代中国文学创作高手已经抵达世界舞台，近年来莫言的诺贝尔文学奖、刘慈欣的世界科幻大会雨果奖最佳长篇小说奖、曹文轩的国际安徒生奖等相继获得便是铁证。譬如登山，高手的确已经登上山顶了，但爬到半山腰者有一部分人，而大部分人可能连半山腰也未到达，还在努力攀登中。创作水平的差距为什么这么大？

写作是一件需要天赋加经验的精神创造活动，经验本身已经难得，天赋更是可遇不可求。对于写作而言，熟也能生巧，但通常的熟产生的通常的巧，至多是爬到半山腰的水平，写作者为写作大队伍的基础部分。爬到山顶需要创造性，需要"天作之合"。

今天，整个社会受教育水平普遍提高，会写并喜欢写文章者多起来，这是实情。与此同时，互联网和线下出版充分发展，文学作品的发表平台和出版渠道越来越多，也导致文学写作的门槛大幅度降低。从写作者的立场，写作门槛的降低，是好事。但是从文本的客观呈现也即创作水平来看，总量是大了，层次是多了，但优秀作品仍欠缺。

有人会问，有的国家或地区，在有的历史时期，为什么会有一大批优秀作家集中出现？难道这些作家都是有天赋者？问得好！写作当然存在技巧训练以及文化生态问题。文化生态或文化环境对于优秀作家的滋养和培育，更多解决创作主体的物质生存和可持续生产问题，以及创造精神的养成问题。就文学本身而言，一切精神性的活动，最终必须转化为美的可以征服受众的文本。而技巧训练，解决的就是这个文本转化的问题，也即最终要落实的问题。

写作技巧训练是个系统工程。写作技巧训练不到位，是目前我国中小学教育乃至高等教育的一个硬伤。当然，首先也是关键，在于中小学写作训练问题。据我了解，目前我国的中小学语文教师对于文学常识的掌握比较在行，对于写作本身技巧的理解很不到位。在写作技巧训练系统中，教师本身具有较高的文化素养和较为丰富的写作实践，教授的技巧才有针对性，是有效技巧，否则难见明显成效。这一点，老外做得就比我们好。前几年，一套哈佛非虚构写作课非常受欢迎，包括《怎样讲好一个故事》等，看看课程和教材的名字，我们就会明白哈佛大学的写作课为什么能够培养出不错的作家。

近年来，包括北京大学、北京师范大学、中国人民大学等在内的一些高校也开设了创意写作课程，能不能培养出优秀的作家呢？

学　堂

题记

　　延请良师兴办学校，耕读传世，文商互补，是徽商对故乡的反哺。

　　通往查济的路上有条岔道，路牌写着：歙县。父亲十五岁那年，独自一人从长江下游的支流青弋江溯江而上，入太平湖，乘坐各种交通工具甚至步行，到徽州府府治所在地歙县求学。

　　进山接受教育，对父亲来说，影响了他终生。"昔孟母，择邻处"，两年后，父亲由歙县中学考入山外的一所高等学校。父亲在歙县求学的寒暑两假，来来回回跋山涉水，来时驮着下个学期所需衣物，回时捎着从嘴里节省下来的粮食。老态龙钟的曾祖母倚门远眺,每每眼泪都疼了出来。这是从前祖母在世时最爱讲的一段古。当然,在一生以子为荣的祖母看来,这也是她教子有方的铁证。

父亲这条进山求学之路,在六十年前的皖南不算新鲜。

徽商出山,向西北,第一个大点儿的码头便是芜湖。我们先祖由南昌辗转迁移至芜湖时,芜湖已因南宋后期徽商新兴成为长江下游商旅往来要津。1876年中英签订《烟台条约》,芜湖成为通商口岸,此后桅樯竞往、商贾繁忙。城市热闹,教育却不一定是长项,当时皖南著名的学府多在徽州山里。其实,又岂止"当时",宋元以来,徽州都是全国书院最多的地区之一。明天启六年(1626年),御史张讷的奏言"海内书院最盛者四,东林、江右、关中、徽州"便是一证,关中书院是当时陕西最高学府,东林书院在无锡,明朝时的江右即今江北,东林、江右、徽州都在长江下游流域。

道光《徽州府志》卷三《营建志·学校》对清代徽州书院的盛况,作了详细记载。"歙在山谷间,垦田盖寡,处者以学,行者以商。学之地自府、县学外,多聚于书院。书院凡数十,以紫阳

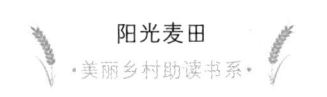

为大。"这段文字提供了一个重要信息,即从发生学角度,徽州唐宋以后"盛产"学者和商人,实乃耕田稀少谋生艰难所致。祸福相依,久而久之,徽州地界形成了今天我们推仰的耕读商并存的文化生态。《徽州府志》提到的紫阳书院在歙县境内,曾受南宋理宗皇帝御赐匾额,也是朱熹生前两次回乡讲学之地,后来成为祭祀朱熹、宣扬理学的重镇。歙县古属新安郡,紫阳是书院名,故朱熹在文末常署"新安朱熹""紫阳朱熹",以寄托乡思。至于朱熹在《观书有感》里吟咏的"半亩方塘一鉴开,天光云影共徘徊",则是他的出生地南溪的醉人景致。这首诗的后两句"问渠那得清如许,为有源头活水来"更出名,几乎成为因果关系的诗化表达。

自宋至清,徽州各地私塾林立、书院密布,县志文书有记载的书院、精舍达二百六十多所,各级学堂明初有四百六十二所、清康熙有五百六十二所。所谓"远山深谷,民居之处,莫不有学、有师、有书史之藏",是之谓也。书院和学堂昌盛,人才自然汩汩而出。两组数据可说明之。明清两代徽州本土中举人者九百九十六人,中进士者六百一十八人,状元数仅清一代本籍加寄籍有十八人。这是一组豁亮的数字。另一组数字也是"琳琅满目",徽州籍学术名家众多,仅建立开创性功业者,掰掰指头,就有朱熹、程大位、汪道昆、朱升、江永、戴震、俞正燮、王茂荫、胡适、陶行知、黄宾虹等。众多的书院和学堂哺育了徽州乃至皖南的文化。徽州社会的良性循环起于南宋,明清见效,民国达到高峰。南宋开始,徽州包括皖南成为中国程朱理学思想的重镇之一,"深巷重门人不见,道旁犹自说程朱"。徽州是朱子阙里,朱子学对于儒家文化的光大与改道早有各种学术研究。乾嘉以后,朴学在皖南极一时之盛。明清以降,与徽商在全国的经济影响相称,徽州乃至整个皖南文教两界更是空前活跃。徽州绩溪的胡适和安庆怀宁的陈独秀,作为从皖南走到全国的五四新文化运动两大旗手,此后无论寂寞还是热闹,他们早年在中国思想文化领域的叱咤风云,后人恐怕望尘莫及。

几百年人家,无非积善;第一等好事,只是读书。世事让三分,天宽地阔;心田存一点,子种孙耕。这副长联或全部或部分地张贴在徽州人家的门扉上,它写出了徽州人的情怀。"海内十分宝,徽商藏三分",在南宋以及明清徽商的黄金年代,徽商有两大特点：一是多"红顶商人"，二是多"儒商"。红顶商人与儒商时有交集，相得益彰，徽商可历宋、元、明、清四代之盛原非偶然。红顶商人可用政治经济学概念解释，儒商即有文化的商人。有文化的徽商，出山挣到钱后，要完成三大预算：扩大再生产、返乡修祖宅、兴办子弟学校。重视扩大再生产，表明徽商已经走出小本经营的格局。徽州民居的好无须赘言，"马头山墙""曲水流觞"都是建筑遗产，马头山墙防火防盗，曲水流觞因势利导。延请良师兴办学校，耕读传世，文商互补，是徽商对故乡的反哺。教育反哺也是文化反哺，行无量之功德。徽商的这两大特点与徽州的生态环境，是鸡和蛋的关系。这个生态是大生态，既包括山水田园自然生态，也包括人伦世道文化生态。背负着宗族文化和地域文化荣光的徽商，把徽州扛在肩上，沿着迢迢山道水路，走进中国大社会。在农耕社会萌发的市场经济里，勤奋肯干的徽商赢得商业战绩的同时，徽州文化也成为天下的向往。程朱理学，桐城学派，五四新文化运动，这些名词如今说出来哪一个不"显出鲜艳的辉煌"，照亮了晚近华夏？皖南社会，因为经济而繁盛，因为战争而衰败，因为文化而享誉海内外。

读书与读人·刘琼

延边，与敏赫有关

题记

> 敏赫妈妈，容团脸儿，好看，说话轻声细语，完全符合我对朝鲜族女性的想象。

十四年前，第一次见到敏赫。他是对门邻居家的男孩，只有五岁，胖乎乎的，又是大眼睛，有点儿像从《年年有余》那样的年画中走下来的讨喜的娃娃，但名字听起来很洋气，似乎是韩国人。敏赫妈妈告诉我，他们是来自延吉的朝鲜族人。

敏赫家常年经营两家国际旅行社，做中韩之间的业务。这是一个大家族。敏赫的爷爷据说退休前是州政府的干部，话少，严肃，挺威严的样子。敏赫妈妈和敏赫奶奶就不一样了，特别是敏赫妈妈，容团脸儿，好看，说话轻声细语，完全符合我对朝鲜族女性的想象。奶奶则是另一种类型：质朴，爽直，爱粗声大气地说话。某天，爷爷奶奶忘带钥匙，借我们家暂息，临走时听到奶奶对爷爷大声嘀咕："真没想到汉人这么干净！"这句话，被我记到今天，不是被"隆重表扬"的缘故，而是吃惊到当场不知如何回应的缘故。想来，这也是不同民族间存在误解、需要交流的一个实实在在的理由。

当时中央八台正在播放韩国电视剧《大长今》，大眼睛的李英爱和电视剧《大长今》是韩国饮食文化传播的功臣，我们住处附近日本人开的华堂超市很快就摆满了各种韩食。韩式泡菜辣而清爽的滋味是我所爱，每去超市都会拎回一袋，空口吃，或炒菜熬汤。敏赫妈妈对这种真空包装加防腐剂的泡菜不以为意，他们家每年从延吉老家通过火车托运泡菜。"没错，三百多斤，都是自家腌制。"敏赫妈妈说。后来知道，朝鲜族家庭餐桌上一日三顿都会摆上几碟泡菜，一年消耗三百来斤，对于一个人口多的家庭来说很正常。敏赫家人多，而且喜欢聚会，每到周末，门口就摆满了鞋，成箱的啤酒罐也很快堆出造型来。打开门的瞬间，歌声飘了出来，融融乐意让人有点眼馋。三代同堂的敏赫家，父严母慈，兄友弟恭。敏赫家，让我对泡菜、对朝鲜族文化乃至延吉有了先入为主的好感。

因此，这个夏天，来延吉之前，我内心装着一些幼稚的期待，比如，延吉的街上会不会到处可以看到会唱歌的卖花姑娘？真实的延吉，满街是各种冷面铺子，当然，穿着时尚的容团脸姑娘也不少，年轻力壮的小伙子倒不多见。延吉是延边朝鲜族自治州的州府。延边正经是朝鲜族人的大本营，整个州30%多是朝鲜族人，而延吉比例更高，达百分之五十四点五。陪同我们的州人民政府宣传部张副部长儒雅清秀，谈起朝鲜族文化来如数家珍、情义满满，原来，这位汉家儿郎娶了一位"美丽的卖花姑娘"，心甘情愿地成为朝鲜族文化的传播者。他告诉我，在延吉，汉族与朝鲜族通婚是常态，其中，汉族男子和朝鲜族女子乃天造地设之佳配。何出此言？汉族男子勤劳、温和、懂得怜香惜玉，朝鲜族女子温婉、能干、体贴、懂事，两厢结合乃神仙伴侣。

不过，延吉街头的男子少，是"走四方"艰苦奋斗去了。整个延边朝鲜族自治州地处中、朝、俄三国交界地带，边境线长达

阳光麦田
·美丽乡村助读书系·

七百六十八点五公里,紧邻俄罗斯和朝鲜,可谓朝暮炊烟相见,因此,延边侨民多,朝鲜族青壮年往往会到韩国投亲、务工、做生意。也有人会选择去俄罗斯创业,或者到"北上广"打工。常住人口越来越稀少,大约只有年节的时候,才能看到稠密的人群,听到喧闹声。尽管故乡绿草如茵、花木繁盛,青年的心永远在远方、在他乡。这大概也是一些民族特别是游牧民族歌曲听起来总有一丝忧伤的原因。

可以在龙井市沿着中朝边境,走上半个小时,采采野花,看看近在眼前的朝鲜。图们江的水静静地流,仰头看碧空如洗,前一场雨刚刚过去,后一场还没到来。这是延边最好的季节。丰茂、静谧的天佛指山为中朝两国共有,山上长着珍贵的松茸。松茸,雪白,娇嫩,"不食人间烟火",生长环境不能有丁点儿污染,只合野生,不能人工栽培,是不折不扣的稀罕玩意儿。在延边,刚刚摘下来的松茸生吃才对,看起来绵软的叶片,咬下去,居然咯吱清脆,顿觉齿颊生香、口角流津。看了纪录片《舌尖上的中国》,知道了在亚热带的云贵高原采摘松茸是那么艰辛,却不知道纬度偏高的松辽平原居然也生长着娇嫩的松茸。

当然，最意外的是——也足见我的无知，一向以为是朝鲜族人大本营的延边，其实是清朝"龙兴之地"。从肃慎族到粟末靺鞨，大祚荣在今吉林敦化建立渤海国，开创海东文明。作为藩国出现在大唐版图上的渤海国，前后经历二百二十九年，被契丹族滚滚狼烟消灭。粟末靺鞨虽灭，但肃慎族尚在，1636年，肃慎族的女真统一各部，建立清政权。传说中的清始祖爱新觉罗·布库里雍顺平定三姓之乱后，即在今天吉林的敦化建立部落第一个政权，号称"满洲"。敦化因此成为清朝的"发祥地"，境内的六鼎山上近年来兴修的清祖祠，也成为今天的满族人祭祖之地。有意思的是，此次"延边行"的领队、《民族文学》副主编赵晏彪走进高大伟岸的清祖祠，眼见着神情严肃起来，我们这才知道赵大领队原来是八旗后裔，此一回，他是来寻祖啊。

昔日清朝的发祥之地怎么就成了今天朝鲜族人的大本营？这里需要补述一句。当年大祚荣在敦化建立渤海国时，国民的基本组成其实包括粟末靺鞨人和高句丽扶余人。后来，清朝取得统治权后，大部队相继入关，留守祖宅的人是少数，而朝鲜族则逐年壮大，时至今日，取代满族成为延边的主要民族。

阳光麦田
美丽乡村助读书系

"疆理虽重海,车书本一家。盛勋归旧国,佳句在中华。定界分秋涨,开帆到曙霞。九门风月好,回首是天涯。"谈到渤海国,通常都会从唐代温庭筠的这首《送渤海王子归本国》起解。一个已经消逝的渤海国,在诗人的文字中永久地留存下来。今天都把这首诗解读为诗人为贺送渤海王子"中华"学成归国而作,渤海国都城敖东距离大唐国都长安遥遥近三千里,在交通和通信都不发达的当时,一个少年得下多大的决心才能走过漫漫长路、挨过漫漫长夜?或许是身不由己吧。作为藩国,为了显示诚意和信任,国王通常要把自己最看重的物品包括子嗣送到对方那儿做人质。大唐当时是大国、强国,长安的街头,像渤海王子这样身份的人质大概不会罕见。这样,儿郎在远离家园、寓居中华时,也会交友、学习,为日后做准备。

敏赫今年要读大学了。敏赫妈妈说他准备去首尔留学。

·读书与读人·刘琼

也是一件小事

题 记

　　他的断断续续的话语让我意识到，继续拉扯对他是一种近似侮辱的行为。

　　我居住的大院环境幽雅，治安好，尤其令外人羡慕的是，许多令人尊敬的名人常常从身边走过，大伙儿居然见多不怪。"谈笑有鸿儒，往来无白丁"，这种人居环境恐怕足以令许多新兴的所谓高尚住宅园相形见绌，为此，我很得意，好像自己的身价也由此高起来了。可是自去年开始，大院的情况就起了变化。

　　大院东头有一片空地，后勤部门见缝插针地在那儿规划了几幢宿舍楼，于是，卡车和吊车开进开出，钢筋混凝土开始昼夜不停地从外面运进来。噪声虽烦人，但因为楼房建成之后大家的住房条件能够改善，所以也就咬着牙忍受了。让人难以忍受的是，院子里的人此后成倍地多起来，瓦匠、木匠、铁匠、漆匠，各种"匠"，除了教书匠，大概都来了。本来也没有什么，接着就看到居委会的"广而告之"，说某某楼接连发生失窃事件，广大居民朋友要提高警惕，锁好防盗门，老人孩子在家时陌生人来访不要轻易开门，等等。失窃在我们这个院子原不多见，于是大家的情绪一下子紧张起来，很自然地就把怀疑对象锁定在工地上成群的农民工身上。加上道听途说的某些关于"打闷棍""敲脑壳"之类谋财害命的传闻，从此，再碰到天天在大院里出没的农民工，我的心里总觉得不轻松，隐隐约约有一种被威胁的担忧。

但是，就在前两天，我的这种小知识分子的谨小慎微和自作聪明，遭到了一次无情的嘲笑。

从外地出差回京，带了些当地出产的甜柚，好不容易挪上火车，又坐车挪到居住的大院里。下了车，我一只手拎着行李包，另一只手却怎么也无法把眼前这足有15公斤重的甜柚提上三层楼。一筹莫展之际，一个五十多岁农民工模样的人走过。情急之下，我忙招呼他,看他能否帮我扛上楼,并表示付劳务费。他倒是没有讨价还价,把一大包水果往肩上一扛就走。我走在前头,没一会儿就开始后悔了。先是对自己随随便便把一个陌生人领到家里感到不踏实,接着又担心费用方面被讹。当然那个农民工不知道我心里的这些小九九,到了我家门前,放下东西就走,压根儿不接我付给他的钱。他的断断续续的话语让我意识到,继续拉扯对他是一种近似侮辱的行为。钱,我最终没付成。

我为此感到脸红,因为一分钟之前,我这个看起来有文化有教养的城里人,还在盘算怎么对付这个来城里谋生的农民工,还在怀疑他的善良。

许多年前,鲁迅先生就指出了"身为知识分子、小公务员"的我们皮袍下藏着的"小"。到了今天,用光鲜体面掩饰的这个"小",依然不知不觉地侵蚀着我们的灵魂、良知和判断力。在实用主义的旗帜下,这个"小"越来越膨胀,许许多多的农民和他们到城里以劳动谋生的兄弟姊妹,仍生活在"小"的阴影中,以至很长一段时间以来,我们这些城里人在自以为是的道德优越感的驱使下,武断地把农民与"刁民"、把贫穷与罪恶画上了等号。

孰料，正是一个话也不会多说几句的农民工，不经意间用平实和善良教育了我，使我意识到不能因为少数人的劣迹而怀疑大多数人，更不能以城乡划线。也许，有此感受的，还不止我一个人吧。

找回张掖

题 记

所有的中心和边缘都是相对而言。

找回张掖,找回一个三十年前原籍张掖的男生。

记忆是一把洞眼粗大的漏斗,侥幸留下来的和不小心漏掉的,其实很偶然,因此,我常常原谅自己的坏记性,包括对重要信息的遗忘,比如四年同窗的名字。同窗四年,结识于年少,怎么就能忘记呢?但我不是没干过这样的丑事。

差不多六七年前,傍晚,在郊区开会。讨论,争执,没有结果。主持人只好说:"休息一下吧。"这时,手机响了,接听前习惯性地朝窗外看了一眼,窗外是西山,有雨云赶来。夏天的北京,

阳光麦田
美丽乡村助读书系

傍晚前有时会有一场来势凶猛的暴雨。听筒那边声音不清楚。雷声响起来了。"我是李南。""谁？""李南！你哥！"胡扯！我只有一个哥，不是这腔调。低端的骗术。"我在镇江。他们都向你问好……"正要摁断，听到两个熟人的名字。可李南是谁？我认识吗？怎么还成了我哥？丈二和尚摸不着头脑。自称我哥的李南嘘寒问暖，抒了半天情，才挂断电话。

有用的信息只有一个：镇江。同学？但他显然是北方人，说的是标准普通话。

近来总有人问我后悔不后悔到西部读书，言外之意，到西部读书是不是损失很大。我也常常想，假如当年不是到西北上学，而是去附近的"宁沪杭"等经济发达地区读书，今天的我，也不会在北方生活，也不会是现在这种生活态度，人生的路会完全不一样。这就是因和果。人一生走过的路都是财富。我感谢大西北。

所有的中心和边缘都是相对而言。刚到兰州，一个原籍邯郸的师兄一边嘲笑我的口音，一边煞有介事地说兰州才是中国的中心。该师兄没有说胡话，从地图上看，兰州位于中国这只"雄鸡"的肚脐眼上，上下左右距离大致相等。据说，当年孙中山曾考虑革命成功后定都兰州——这当然仅仅是"据说"。或许是因为这个"据说",整个黄河上第一座真正意义上的桥就叫中山桥,位于兰州城市的北隅,长期以来包括今天都是兰州城的标志。三十年前,兰州给我的第一印象是兰州不落后,兰州开放、洋气,马路宽,广场大,基础设施健全。兰州也不穷,按照国家1956年颁发的工资津贴标准,兰州作为少数民族边远地区,市民收入标准原本就较高,加上兰炼、兰化、兰柴这三大国企当时发展势头强劲,让整个兰州城都沾光。即便这样,在收入较低的东部地区的人包括我的父母看来,兰州不仅穷,而且落后。这也是某种程度的文化偏见。比如在我的父母看来,兰州城的交通工具是骡马,飞沙走石帐篷满地,总而言之,是大漠,是化外。祖母那时身体还很健康,脾气有点不好,见谁都流泪,都抱怨,抱怨我跑到荒远的地方读书。这是金庸的武侠小说看多了。真实的兰州城,比内地许多城市要"高大美"。兰州没见骡马,倒是有年夏天,在北京美术馆大街路口,见到不止一套骡马拉着一车西瓜招摇过市。北京人见怪不怪,骡马也泰然自若。至于帐篷,印象中兰州隔壁的西宁倒是有段时间一到夜晚,一顶顶红帐篷飘着羊肉香,占据了大街小巷。阿朱的阿姨在西宁,她说西宁是平均受教育程度最高的省会城市。那是唱着歌儿来唱着歌儿去的西部文化繁荣和经济热时期。兰州乃至西部的边缘化,是后来的事。"如果没有兰州大学,大半个中国都没有重点大学",这是我最近看到的最煽情的标题。另一篇煽情文章《中国最悲情的大学》里,历数了兰州大学的昔日辉煌、历史贡献和今天的冷清。城市区域优势丧失,投资环境不好,经济活力不足,高校高端人才流失,生源质量变差,兰州和兰州大学之殇是之谓。

我1987年入学,入学那年,兰州大学汉语言文学专业招了五十一人,二十六加二十五,男生比女生多一人;北方生源是南方生源的三倍。南北方是地理学概念,以秦岭淮河为界。将着这条东西线,从西往东挨个数,第一个是四川。四川当时是大四川,重庆还没有直辖,还是满脸的不服气。川蜀养人,三个女生尤其突出,分别代表了美女的三个类型:甜、辣、帅。唯一的男生,因来自鬼城丰都而被叫了四年"老鬼子"。这位老鬼子同学戴着茶色眼镜,话不多,有点腼腆。二十年后再见面时,该同学已定居海口,茶色眼镜不见了,许是生活在热带的缘故,活泼多了。四川往东就是湖北,湖北那年是四个男生。川鄂紧邻,口音和饮食很像。湖北这四个男生口音尤其顽固。写一手好字,说一口京腔,是中文系学生最基本的要求。遗憾的是,我们这些南方来的学生大多没能实现"一口京腔"。湖北东边是江西,江西是一女三男。一女是"裸学",父母兄弟早年间在美国定居了,只有她因为超过十八周岁,按照美国移民法,要排队等签证。在我们看来,她的一只脚已经踏上了美国的土地,另一只脚正在腾空奔美。结果是,毕业后,她在包头生活了三十多年,结婚,生子,直到前年,才举家移民。她是我们班最年长的女生,有点大姐大的味道。全班年龄最小的男生也是江西籍,入学时一口娃娃音,若干年后,跟我们都失去联系,去了一个找不到的地方。碰巧的是,全班最年长的老章同学也来自江西。老章同学入学不久就因踢足球把自己踢进了兰州军区总医院,三个月后出院改打羽毛球,因此收获了漂亮女友。湖南只有一人,但含金量高——少年组百米全国纪录保持者,在校四年,因为他,校运会男子4×100接力赛冠军始终握在中文系手里。毕业时双向选择,中文系放了两个炸弹,一个是湖北小蔡写血书坚决要求援疆,一个是风光了四年的"百米纪录"

放弃各种省部级单位，毫不犹豫地选择回家乡小镇，与"小芳"结婚，再次创造纪录。江西往东，到了我们安徽。安徽入学时还是一女三男，毕业时成了一女一男，一男转读管理系双学位，另一男新生体检时查出甲肝休学一年。江苏的连云港男生是独苗苗，也是我们班当时最帅的帅哥。那么，谁是李南？

叫南的男生没有，姓李的男生有三个。汉唐以来李是大姓，我们班三个李姓都分布在陕甘，陕甘是汉唐的中心。西安李生毕业后娶了班上姓马的回族姑娘，妇唱夫随，留在兰州，入了伊斯兰教。另两个李生一个从平凉考来，一个从张掖考来。对了，从张掖考来的李少北，毕业后好像去了南方。难道李少北就是李南？

那个总是穿着草绿色军装的叫李少北的男生，是张掖军分区大院子弟，文静、秀气、温和，北人南相，一点儿不像军人后代。性格温和的人通常不爱说话，整个四年拢共也没听他说过几大段话。路上碰见，点头招呼而已。毕业前夕，大家互相留言。中文系学生抒情是长项，众多的抒情中，少北的留言给我留下了印象，依旧是极简主义，大致的意思是"从此，我要去你们的南方。你哥李少北"。看来，李南真的是李少北了。

李少北的脸上，好像是左眼附近，有颗黑痣。这颗痣在这张细白、秀气、大眼睛双眼皮的脸上有点突兀。也正是这颗黑痣，让这张秀气的脸添了点不安分感。当然，按当时的审美时尚，红高粱和余占鳌式的匪气受欢迎，李少北的秀气严重不讨巧，这也导致他在某种程度上被忽视了。

理论上，李少北是有先天优势的，比如他不仅是班上少有的几个城市男生之一，而且是甘肃本地生源。城市男生当时确实是稀有物种。虽然改革开放近十年，但农村和农民的生活条件始终落后于城市，"农转非""跳农门"都是天大的事，上大学成为农家子弟改变个体命运的通常通道。高校不仅不收学费，还实行生活津贴、奖学金和助学金多轨补贴制，一些农家子弟因此有机会也有能力接受高等教育。农家子弟的身上普遍寄托着整个家族的希望，他们的身后往往是父母的操劳、姐妹的牺牲。在高校的院墙里，他们勤奋吃苦、懂得珍惜，日后大多能修成正果。但城市生的优势还是很明显的，比如他们见识多、负担少，是校园里各种活动的活跃分子。不过，城市生李少北是低调的，厚道的。甘肃生的总体特征是厚道。厚道是一种气质，甚至是一种文化产生的气质。校园里的甘肃本土人占绝对优势。我们班原本十一个甘肃生，半途又分别从86级化学系和现代物理系各转来一人，总量占了四分之一还强。这十三个人按照庆阳、平凉、天水、定西、兰州、刘家峡、武威、张掖的顺序，从东南到西北连成一条细长的走廊，中间粗一点的地方是兰州，兰州四人。少北来自著名的张掖。金张掖，银武威，这是今天的说法。一千多年前，它们叫北凉，叫西秦，叫甘州，叫凉州，是中国传统文化的传播和养成之所。儒释道文化在这条走廊上交流融合的结果，养成了西北人一目了然的淳厚质朴。

大西北对于我，是世界观养成时期的财富。以西北为坐标，第一次出大远门的我看到了大的世界，眼力在脚力的基础上提升。比如我们今天站在北上广的角度看甘肃，甘肃自然是大西北。但是，从民族起源和文化起源的角度，甘陕青是原发地，是厚重和丰富的象征。但这一点，不走出来，哪会明白？仔细回想，第一次站在中山桥上，为黄河水如此黄感叹的同时，其实也会想孙中山当年为什么会起念"落户"兰州。也就是从那时起，我对历史学科产生了长久的兴趣。我承认，历史的偶然性和必然性，历史的相对性和普遍性，一直让我沉迷，包括后来乃至今日写文章、读书，这些个命题和思考都会隐含其中。目光在远处，大概也是我们这代人的共性。细白秀气的李少北，走出兰州，来到无锡，成为李南，走出了一条往外走的射线。这是年少的勇气。这是时代中的我们。

我们毕业的时候，深圳和东部沿海已经开始有大动作了。

现在，兰州和西北听说也动起来了。

写这篇文字的时候，李少北也就是李南，已经在我的微信群里。

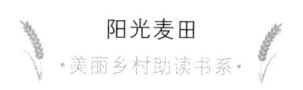

周庄记忆

题 记

有质量的旅行,通常都是一吃二逛。

许多人关于周庄的记忆,恐怕都有"万三猪蹄"一席之地。

二十多年前,刚工作那会儿,忘了究竟是什么差事、由谁组织的,总之,会议地址在周庄附近。既在附近,难免会到周庄游一游。

长街蜿蜒,河网密布,排除闹闹哄哄这一点,严格来说,周庄的景致,即便当不起巨幅广告所称"美轮美奂"四个字,也还算"风物宜人"。只是广告语,早已给大家架起了巨大的期待,与身临其境之后的真实感受,未免形成反差。在这个反差中,"万三猪蹄"充当了反面角色。小桥流水，枕河人家，所言不虚。摩肩接踵，临街橱窗"万三猪蹄"一个接一个映入眼帘，也是事实。一时间，有些恍惚。人也好，景也好，第一印象尤其重要，我对周庄第一印象不好。

我对周庄第一印象不好，不是反感猪蹄本身。猪蹄虽然品相不佳，但在餐桌上一直颇受欢迎。我也是猪蹄爱好者之一。猪蹄是南方叫法，北方则叫猪手，更加拟人化。脚与腿的交界处，脚后跟的位置，叫"踵"。踵事增华，接踵而至，等等，大概都由此而来。猪腿的最上部，就是肘子——这是北方叫法，南方则叫蹄髈。

我有个同事，是我早年入行的老师，上海嘉定人，人很豪爽。大家一起下馆子，他来晚了，电话里一再叮嘱"点几个精致的小菜"。"什么精致的小菜？""酱肘子呀！"这是真事，每每讲到此处，大家还是要哄堂大笑。

其实，无论生在南方，还是长在北方，下过乡、插过队、经历过食物匮乏时期的人，大概没有不爱肘子的。

在南方，猪蹄也好，蹄髈也好，"赤膊上阵"的少，端上餐桌时，大多已被炖或煮出各色胶状物。这种胶状物，学名叫胶原蛋白，是爱美人士心爱之物。这也是近年来猪蹄在某些人群中身价上涨的原因。猪蹄汤、鲫鱼汤、鹅掌汤、猪肚汤、通草汤，南方民间有一堆针对产妇产后下奶的汤。以我个人有限的经验，产妇有没有奶，就像孩子是双眼皮还是单眼皮，跟先天遗传有关，跟吃什么关系不大。那年回南方生孩子，同一病房，另外那位新妈妈几乎就像牛奶工厂一样，即便喝米粥吃咸菜，新鲜乳汁也如万泉涌至，量高，质好，不择地"汨汨而出"。相反，我则属于贫瘠的土地，从猪蹄炖黄豆吃到鹅掌炖通草，什么稀奇古怪的玩意儿都吃了个遍，自个儿的体重噌噌长了几个数量级，摇篮里的小家伙还是饿得嗷嗷叫。看着褪褓里幼小的生命，自身连奶水都没有能力供应，我想着，什么时候又怎么能把他养大呢？越想越悲观，眼泪止不住地流。后来知道，这是产后忧郁症，一种生理性的疾病。回南方休产假，产后另一个后遗症是猪蹄炖汤从此不再碰了。

芜湖有家老字号，叫五香居，据说由李鸿章的私厨孙少甫创建，开了百来年，卤菜特别出名。人们平常舍不得花钱，但到年节，家家户户必定差使家中孩子去五香居排队，称上二两鸡胗或者几副鸭脚包。五香居各色卤菜中，个头最大也是最抢手的是五香猪蹄。一般家庭至多买一对，回家切成小块，年三十摆上桌，叫"抓钱手"——讨喜。芜湖开埠早，商业气息浓，浓厚的市民文化有很多讲究。五香猪蹄除了口彩好，也是下酒小菜，经得起咀嚼，因此，每到年节，五香居买猪蹄的窗口总是排着长长的队。

猪蹄没什么肉，啃起来又麻烦，我原来基本不吃。开始吃猪蹄是到北方工作之后的事了。北方天气寒冷，对热量的需求大，肉食是热量的主要来源，越往北，人们越爱吃肉，到了寒冷的高原，人们基本上以肉和奶维系日常生活。草原上吃肉，烧烤是主要形式，烤全羊，烤香猪，等等。从人类进化发展的角度，与用锅或其他器皿隔火隔水烹调相比，食材与火直接接触，应该属于相对初级阶段，但简单，易操作，广受欢迎。烤全羊贵重，但不稀罕。烤香猪少见。七八年前，《芳草》杂志社和西藏作协共同组织活动，到拉萨后，西藏作协主席扎西达娃出面请客。烤香猪上来，达娃自己不动筷，笑眯眯地一个劲儿劝大家吃。

北方烹制猪蹄，也即猪手，除了酱卤，大概就是红烧，其他花头似乎不多。当然，红烧猪手可以搭配各种菜，酸萝卜、酸白菜和酸黄瓜是最通常的配法。酸白菜，须系东北酸菜，口感软，味道淡，善当配角，不抢味。同样归在酸菜界的朝鲜泡菜和四川泡菜就不行。朝鲜酸菜和四川泡菜属于菜界的"花旦"，泼辣、生动、高调，不适合当配角。

红烧猪蹄的盘子里，主角当然是猪蹄，酸菜起的是解腻清口的作用，所以，此酸菜只能是东北酸菜。东北酸菜的原料是大白菜。我到北方工作后，冬储大白菜渐渐退出历史舞台，但在老式人家的餐桌上，大白菜还是当家菜。"疆场有瓜。是剥是菹"，早在《诗经·小雅》提到"菹"时，已经有腌菜的意味了。北魏《齐民要术》里的"菘"，也是大白菜。东北盛产大白菜，大白菜渍成酸菜，切成丝，或者剁成末，加到各种菜里，调馅儿，或炖煮，酸菜白肉、酸菜粉、酸菜饺子等。有酸菜做伴的各种菜式，在东北，似乎可以从冬天吃到秋天。十多年前，去卢森堡看展览，顺访马克思的故乡特里尔。这是德国边境靠近卢森堡的小城。在街上最热闹的饭馆里，点了一杯白葡萄酒，清冽，甘甜，淡淡的香。德国猪肉也好，各种肉肠，烤、熏、蒸，味道差别也很大。著名的巴伐利亚烤肠下面，垫的就是酸菜，与东北酸菜模样和滋味如出一辙，是他乡遇故知的意外。回到北京，有德国问题专家告诉我，燕莎桥下德国餐厅，招牌菜烤肘子，配的也是这种淡口感的软塌塌的东北酸菜。

后来回想，多年前去"老莫"吃俄餐，隐约中见到酸菜模样，当时没有多想，以为是"入乡随俗"。现在看来，东北酸菜虽然在东北出了名，未必就是东北的"原住民"。

有质量的旅行，通常都是一吃二逛。逛是精神享受，吃是口腹享乐。在某种程度上，吃比逛还重要。逛与吃两件事都合适了，这趟旅行最终才能心满意足。看过许多穷游的文章，发现穷是穷，省的是住和行，不能省的是吃，不仅要吃饱，而且还要吃好。吃好未必就是吃山珍海味。西北产羊肉，东南有海鲜。北方人当作高档品的生蚝，漳州师院旁边的夜市小推车上，十块钱三个都无人问津。中国实在太大了，一个地方和一个地方的物产不一样，习惯不同，吃的口味和兴致也完全不一样。楼下不远处有家莆田菜，红菇海鲜面搁了红菇、鱿鱼须、蛏子等十来种食材。菜馆原来开在顶层，是玻璃阳光房，客人不多，大声说着的方言也觉得好听。疫情后，来了客人，又去了一次，不知道是生意变好的缘故，还是想要扩大规模，发现餐厅从三层移到了一层。客人还是那些客人，菜的味道却尝不出什么好来。

　　吃对了，才是吃得好。可以是路边摊，也可以是私家小厨，未必花费多少，但要有特色。北方人面食当家，一日三顿，顿顿面食，都吃不厌。年节了，是加了馅儿的面食——饺子，说是年俗。年三十吃饺子，立春吃饺子，冬至还是吃饺子，总而言之，一年四季，高兴了，或者重要的日子，吃饺子都是一种仪式。南方人看不懂，于是，朋友圈出现各种打趣北方人"以饺子为大"的段子。吃饺子是北方的习俗，这个习俗，到南方一点都不管用。南方的习俗，与南方方言一样千差万别。南方人的餐桌上，面食只能位列其中，各式米制品才是主角。以我们皖南为例，年初一吃的年糕，是糯米加籼米；清明前后吃的青团，糯米做的；端午前后吃粽子，也是糯米做的；中秋吃月饼，也吃一种叫罗豆的糯米粑粑，里面包着掺了猪油的芝麻或红豆馅儿。

　　饮食习惯是长期养成的。就拿我来说，绝不吃羊肉。不吃羊肉，不是不想吃，而是吃不了。早年在兰州读书，学校后门是著名的回民巷。周围不少朋友和同学是回族。从本心来说，我特别想融入其间，但吃不了羊肉，始终是个大障碍。口味阻断了交流。因为不吃羊肉，对与羊有关的一切饮食也格外敏感。我做主的厨房，从不跟羊肉打交道。受羊肉的株连，牛肉、马肉、驴肉其实也很少能进入我的食谱。

饮食往往是一种偏见。有年夏天，跟随北京市文化局送文化下乡。在远郊区，忘了是门头沟还是昌平，近晚了，组织者很热心，请大家吃驴肉包子。天上龙肉，地下驴肉，说实话，热腾腾的驴肉包子好吃极了。这真是美好的记忆。多年后想起当晚的情景，场地里上演的是什么，早忘得一干二净，冒着香气的驴肉包子却如在眼前。春节，师弟从寒冷的大西北特快专递来马肉，说"稀罕，尝尝"。结果，家门都没让进，毫不迟疑地转赠给羊马肉爱好者了。

中国的汉字是形声字，表意和表音结合，如"羊"和"大"构成"美"，"羊"和"美"构成"羹"。于是，有人说有羊才美，羊肉是美味的构成。接着，又有不止一位美食大咖说，真正的美食家不吃羊肉。这是关于美食的两极言论。趋利避害，后一种，我引为知己，也引为真理。

不吃羊肉，与从小生活的环境有关。生长在长江边，记忆中的鲜美食物大多与水有关。水里有各种可吃的食物。植物类，藕、茭白、菱角、莲子、鸡头米、莼菜、菱角菜等；动物类，甲鱼、鳝鱼、螃蟹略微特殊一点，还有其他各种虾类、各种鱼类，简直数不胜数。水生食材的特点是鲜，不能长久脱水，储存要求高。早年物流不畅时，北方的集市上，不大有机会看到南方水产。现在有飞机、高铁、冷链物流，流通成了小菜一碟。莲子上市，身在北方的我，也能同步吃到鲜甜的莲子了。比较起来，菱角稍微差点意思，在各种购物平台下了若干次单，派送来的不是太嫩——还未全熟，就是太老——已经发黑，不知道是物流的责任，还是菱角本身更难保鲜。记得从前在南方，菱角可以生吃，也可以熟吃；可以单吃，也可以炒菜、烧汤，只要是新鲜菱角，怎么吃都美味无比。

南方平原地带人口多，耕田少，为了维生，人们就会千方百计地从田间地头、河中沟里寻找可食之物。这些年在北京东直门夜市上走红的小龙虾，学名克氏原螯虾，长年生活在水浅草深的沟渠里，繁殖能力极强。因为小龙虾原始生活环境不卫生，我小的时候，很少有人会把小龙虾正经摆上餐桌，大多数农人还是喜欢在家禽家畜等养殖业上下功夫。鸡鸭鹅既可以不断下蛋，还能在年老体弱后宰杀做成各种菜式。南方的家畜养殖，牛是劳动力；南方草地与耕田一样稀罕，羊的养殖也很有限；主要是生猪饲养。生猪可以圈养，出栏率高。俗话说"吃饱了睡睡醒了吃"，说的大概就是这"二师兄"了。猪在南方食谱里戏份多，人们围绕猪肉发明了层出不穷的吃法。

话说回来，猪蹄出现在旅游景点，本身没什么不对。食，性也。周庄人，有性，也要吃大肉，不足为忤。周庄也确有沈万三其人，"万三猪蹄"以及周庄其他食物总体也还算达标。只是以周庄当时的形象设计来说，猪蹄成为"烟雨江南"的土产，第一不诗意，第二也不够独特。土产，不仅要土生土长，且最好有点创意，不要搞成大路货。这话怎么讲？比如，咸亨酒店和茴香豆成为绍兴的招牌，就既有新意，又有诗意。鲁迅的笔下，从罗汉豆写到茴香豆，有情致又有体温的绍兴风物独一无二。其实，绍兴咸亨酒家的茴香豆，包括上海城隍庙的茴香豆，名气大，吃到嘴里，十之八九会失望。特别是城隍庙的茴香豆，似乎比关汉卿的铜豌豆还要硬,还要难吃。当然,一己之见。

吃是本能,但会不会吃,需要想象力。我相信我是有厨娘气质的人。前年春节,好像是大年初四,从晚上六点到凌晨两点,整整八个小时,我只做了一道菜:红烧蹄髈。这只硕大蹄髈将近五斤,滴水不加,全凭冰糖吊味。夜深了,厨娘的兴致如此之高,连我自己都得佩服自己。

肩膀疼,去楼下理发店按摩。老板娘一边推拿,一边说:"吃点猪肘子吧。"就要立秋了,这一回,北方的习俗是,吃肘子,贴秋膘。

对了,给周庄设计形象的那幅画叫《故乡的回忆》。画家叫陈逸飞。

祖　父

题记

　　李白式的独自喝，看起来是闷酒，其实是浪漫主义者的自得其乐。

　　"燕山雪花大如席"，窗外，雪花飘了一整天。约酒吧，"能饮一杯无"？在北京生活，各种忙碌，各种奔波，因为雪，于是不顾了，东南西北朝一起凑，凑齐后，能喝不能喝，都端起了杯。这是北京人的"局气"。不过，我永远都是酒场上那个有豪气无能力的"千年小白"。

　　说千年固然夸张，但二十五六年，确实是有了。那个时候，刚到北京，刚刚结婚，准单身汉的日子，免不了就有各种饭局。

阳光麦田
美丽乡村助读书系

我是零起点,又从南方来,长得瘦弱,自然没有人会跟我端杯。能端杯的姑娘多了去了,是真能喝,面不改色,四五两白酒下肚了,还能悠悠扬扬地唱上几首。能喝,能唱,还能写,说话也痛快。到北方,就得有北方人的样子,干新闻也应该这样,心里真是羡慕,便暗下决心,要全方面学习。当晚就从街对面的超市买了一瓶红葡萄酒,忘了是什么牌子。不能喝,也不懂行,不知道红酒要醒一醒,端起杯就喝。结果,到了嗓子眼,硬是咽不下去。这瓶红酒在餐桌上待了大半年,年底大扫除时,想了想,原封不动地送进了垃圾箱。事后聊起,大家大笑不已,说不会喝酒的人很多,像我这种不认酒命、憋着劲练的人还真不多。我对喝酒的决心也只有这么大了。

说到底,还是不服气。按说我是有"酒基因"的人。我们老刘家,特别是男丁,到了一定的年龄,似乎都是酒场豪杰。记得小的时候,晚饭前半小时,雷打不动,是祖父的快乐喝酒时光。祖父喝酒不需要陪伴,也不需要多高级的下酒菜。祖母一辈子都在伺候祖父,把祖父的口味研究得透透的,炸个花生米、炒个辣椒酱,祖父都能喝上两小杯。两小杯,不多不少,是祖父的量。

然后祖父自己收杯，有没有人陪，都是这样。蹭酒或陪酒的人最后往往自己把自己喝"高"了。父亲年轻的时候不喝酒，也反对祖父喝酒。父亲总说，祖父要是不喝酒，会活得更久。

那年春天，我们家刚刚由干休所搬到绿影小区，祖父很开心，便来住几天。想到端午将至，孙女就要回来了，祖父陪祖母逛菜市时说"买点粽叶吧"。我爱吃粽子，每年端午，都一定要吃上几只纯糯米裹的白粽子。包粽子是祖母的拿手好戏。那天晚上，祖父也是喝了两杯小酒，突发脑梗，当晚便告别了人世。

后来，从前竭力反对祖父喝酒的父亲，退了休以后，对于酒的兴趣突然大增，酒量也还不错。父亲的"蜕变"，成为家人打趣他的话柄。大姥姥说这是老刘家的遗传。我们家把"姑妈"喊作"姥姥"。这个遗传，难道传男不传女？我这个大姥姥也很豪放，某年春节，曾经端着酒杯，要跟比她大十几岁的小嫂子也就是我母亲一较高低，结果，没喝几杯，就倒在了餐桌上。老刘家的媳妇酒量比姑奶奶大。

中国式家庭，出面应酬的通常是男性，许多女性自己不喝酒，也反对男性喝酒。酒后失德，酒后误事，酒后闹事，等等，反对

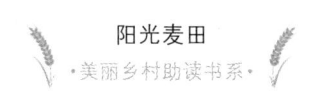

的原因很多。我不反对。我不仅不反对，有时甚至觉得男性就得有点酒量，不必常喝，不必多喝，真喝起来，最好千杯不倒。

我赞成喝酒，还不完全因为老刘家的熏陶。事实上，无论东方，还是西方，酒这种杯中物，不仅历史悠久，而且始终都在人们的日常生活中占据重要地位。会喝且能喝到一定境界的人，西方叫酒神，文艺理论还繁衍出酒神精神。东方则叫酒仙。酒仙是东方式审美追求。酒能浇愁，又能燃兴、助兴、尽兴。有酒助兴，人们方能从日常的理性和拘谨中解放出来，感情得以尽情抒发。特别是中国人，诗酒文不分家，这才有了"李白斗酒诗百篇，长安市上酒家眠。天子呼来不上船，自称臣是酒中仙"，这才有了"金樽清酒斗十千，玉盘珍羞直万钱。停杯投箸不能食，拔剑四顾心茫然"。仅从流传的文本看，从李白、杜甫到苏东坡、辛稼轩、李易安，不仅诗词写得好，酒量似乎都还不错。把酒言欢，"醉能同其乐，醒能述以文者，太守也。太守谓谁？庐陵欧阳修也"，每每读至此处，虽不能酒，心向往之也。

同样是饮品，茶和咖啡则明显没有这个功能。许多人用咖啡提神，这个"提神"，相当于让人更加清醒。多年以前，空腹连喝三杯咖啡之后,我亲历了一次"醉咖啡"。咖啡不可连续喝,不能尽兴而归。心脏狂跳的濒死般的难受让我长了记性。茶里虽有咖啡因,但量不大,连续喝没大问题。

比较起来,只有酒,能很快放松情绪,卸掉伪装,有效地拉近人和人之间的距离。所以,许多人喝酒都喜欢成群结队,酒桌上许多趣闻也由此产生,一些有意义的事也会发生。记得当年看鲁迅日记,对鲁迅饭局的多少以及参加饭局的人、菜式和酒量都尤其感兴趣。鲁迅是绍兴人,绍兴产黄酒。绍兴黄酒,男男女女都喝,女子喝得似乎更加普遍。我在浙江大学读骆先生的硕士研究生时,最爱干的事就是去他家蹭饭。骆先生的母亲,其时已经八十多岁了,烧得一手好菜。每天中午,菜烧好了,老太太就拿出小酒杯和烫酒壶,烫的就是黄酒,还要打进去一颗生鸡蛋。我才知道黄酒养生。老太太是绍兴柯桥人,活了将近一百岁。

鲁迅对酒不考究,绍酒、白干、红酒,似乎都喝。喝酒时,也谈文章,也谈国事。这是成群结队喝酒的好处。

还有一种喝酒是独自喝,享受的是另一种境界。"花间一壶酒,独酌无相亲。举杯邀明月,对影成三人。月既不解饮,影徒随我身。暂伴月将影，行乐须及春。我歌月徘徊，我舞影零乱。醒时相交欢，醉后各分散。永结无情游，相期邈云汉。"李白式的独自喝，看起来是闷酒，其实是浪漫主义者的自得其乐，且不叨扰他人，是真正的放松。祖父晚年就爱喝这种独酒。在祖母的嗔怪中，祖父一边喝，一边与小孙儿逗笑几句，再听听新闻，看看报纸。

南方的箬叶开始分株了。一喝酒脸就红、好脾气的小老头，去世已经整整三十年了。这个春天，我想陪父亲去祖父的坟头祭上一壶老酒。

·读书与读人·刘琼

尊重原著

题记

> 林黛玉对贾宝玉使小性子,为什么在宝玉的眼里不仅不讨厌,反而可爱、入心、牵挂?

多媒体传播是门学问。以《红楼梦》为例,几乎每个中国人心中都有自己的一部"红楼"。有点文言文基础者,读的是人民文学出版社的《红楼梦》;没有文化的老太太比如我奶奶,看的是1962年版越剧电影《红楼梦》,它曾在南方中小城市掀起持久的"红楼热";1987年版电视剧《红楼梦》是大家迄今津津乐道的大众"红楼"。2010年5月7日,我还在国家大剧院看了场极其抒情的歌剧《红楼梦》。

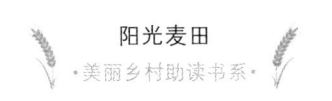

比较起来，在今天的大众文化传播界，作为出版物的《红楼梦》成了底色，反倒是其他艺术媒介成为红楼故事的传播主力。其中因改编诉求不同，呈现效果各有千秋，繁衍出诸多话题，这里就不说了。要单独说的，是朝鲜血海歌舞团的歌剧《红楼梦》。这部由我们的邻居朝鲜的血海歌舞团创演的《红楼梦》2010年在中国巡演时，恰逢李少红导演的电视剧《红楼梦》播放。两相比较，李少红版《红楼梦》"像"或"不像"成为争议焦点。李少红版电视剧的好与不好不去说了，只是朝鲜歌剧《红楼梦》，中国观众连语言都听不懂，为何能获得好评？就歌剧艺术本身，朝鲜演员的演唱表演功力自然不需说了——它让我想起"百练成精"的比喻，关键是尊重原著。《红楼梦》文本纵是千头万绪，歌剧改编只拣一条主线——宝黛爱情戏。同样，越剧电影《红楼梦》为什么会成为经典？也是宝黛爱情戏抓得好。

大家都说审美有三重境界：一重是，见山是山，见水是水；二重是，见山不是山，见水不是水；三重是，见山还是山，见水还是水。那么，我们的受众是什么情况？两极大，中间小。一句话，基本是"见山是山，见水是水"。这个爱情线从哪里来的？当然是从作为底色的《红楼梦》文本来的。无论是庚辰本，还是程高本，我们通过阅读，看到的完结，看到的悲伤，无非是因为美好事物的毁灭。一部《红楼梦》，当然有政治，有经济，但还是以"人心"和"人情"见长。林黛玉对贾宝玉使小性子，为什么在宝玉的眼里不仅不讨厌，反而可爱、入心、牵挂？三百年前出生的曹雪芹对于感情和婚姻关系的书写之微妙传神，远胜于今天的许多作家。所以，我一直有一个悲观的理论，即人类文学艺术的历史并不是乐观地沿着螺旋向上的轨迹发展，艺术的许多样式在人类文明早期即已达到顶峰，比如古希腊的雕塑、中国的诗词。以中国的小说艺术为例，如果我们并不特别强调文言文和白话文的分水岭，《红楼梦》迄今为止依然是没有被超越的高峰。这是幸甚至哉，还是悲哀至极？

1961年，上海越剧团《红楼梦》剧组应邀到朝鲜访问演出。朝鲜歌剧《红楼梦》是在朝鲜两代领导人金日成、金正日的建议和指导下完成的。